당신이 잃어버린 프로이트

Freud and Man's Soul

당신이 잃어버린 프로이트

브루노 베텔하임 지음

정채연 옮김

일러두기

1. 현재 한국에서는 psychoanalysis를 주로 정신분석이라 번역하고 있으나, 이 책에서는 저자의 의도를 고려하여 '심리분석'으로 번역했습니다. '심리'는 내적인 역동성을 함의하고 있기에 심리분석이라는 용어가 더욱 적절할 것입니다.

2. 저자는 psyche와 soul, spirit을 혼용하고 있습니다. 한국어에서 이는 모두 '영혼'으로 번역되나, 구분을 위해 맥락에 따라 '프시케'와 '영혼'으로 번역하였습니다. 프시케는 영혼, 정신이기도 하나 동시에 나비처럼 잡을 수 없고 변덕스럽기까지 한, 역동성을 담고 있는 개념입니다.

3. 이 책 출간 당시 학계에는 행동주의가 대유행하여 마음의 존재를 부정하는 학자까지 있을 정도였습니다. 따라서 저자가 비판적인 시각으로 바라보는 과학적인 것들은 과학 그 자체보다는 행동주의적인 것으로 이해하는 것이 바람직할 것입니다.

4. drive는 주로 욕동, 추동으로 번역되나 프로이트가 일상 용어를 선택함으로써 자신의 작업들을 우리 스스로가 일상에 적용해볼 수 있도록 했다는 취지를 고려하여 보다 널리 사용되는 용어인 '충동(衝動)'으로 번역하였습니다.

5. Über-Ich는 주로 윗나로 번역되나, 이 번역어는 저자가 말하고자 하는 의미를 잘 살릴 수 없기에 이 책에서는 원어를 번역하지 않고 그대로 사용했습니다.

심리분석은 본질적으로 사랑을 통한 치유입니다.

- 프로이트, 융에게 보내는 편지 중 -

차례

서문

프로이트 저작의 영역본들은 중요한 부분을 심각하게 오해석하고, 프로이트라는 사람뿐만 아니라 심리분석에 대해서도 잘못된 결론을 내리도록 만들고 있습니다. 〈지그문트 프로이트 심리학 전집 표준판Standard Edition of the Complete Psychological Works of Sigmund Freud〉이라는 권위 있는 출판물에서도 말이지요. 앞으로 이 책에서 제가 그런 번역에 대해 비판하는 것들을 읽다 보면, 여러분은 분명 몇 가지가 궁금해질 겁니다. 왜 제가 이러한 비판점들을 이야기하기까지 이렇게 오래 걸렸으며, 왜 다른 사람들은 이전에 비슷한 비판을 하지 않았는지 같은 것들 말입니다. 두 번째 질문에 대해 확실한 대답을 하는 것은 어렵겠지만, 첫 번째 질문에 대한 답을 하면서 다른 사람들 역시 왜 번역에 대해 비판하기를 주저했는지도 함께 이야기 해볼까 합니다.

제 친구들은 저처럼 미국으로 이민을 온 독일어 원어민이 대부분인데, 이들 중 프로이트 저작의 영역본에 만족하는 사람은 많지 않습니다. 이 정도로 부적절한 번역 오류가 많음에도 이미 번역된 개념이 많이 알려졌기 때문에, 이를 수정하고자 해도 어디서부터 시작해야 할지 갈피를 잡기가 어려운 것이 현실입니다. 그리고 이런 부적절한 번역에 관한 이야기를 공개적으로 하기 어려운 이유는 아마도 다음과 같은 이유가 아닐까 싶습니다.

대부분의 영어 번역본은 프로이트 생애에 이루어져 그에게 받아들여졌거나, 최소한 허용되었습니다. 영어 표준판의 편집장은 프로이트에게 인정을 받아 그의 저작을 몇 권 번역하기도 했던 사람이었습니다. 또한 표준판의 공동편집자는 프로이트의 딸, 프로이트의 말년을 가장 가까이서 지켜본 사람이자 선택된 후계자인 안나였습니다. 상황이 이렇다 보니, 이런 이들이 작업한 영역본을 비판하는 것은 존경하는 스승 자체를 비판하는 것처럼 보일 수 있었습니다. 그래서 대부분의 사람들이 영역본의 문제를 말하는 것을 피했고, 다른 이(프로이트로부터 인정을 받은 사람이 가장 좋겠지요)가 이 지난하지만 꼭 필요한 이 일을 수행해주기를 바라게 된 것입니다.

저 역시 거의 40년 간 이런 생각을 하고 있었습니다. 이미 저보다 훨씬 표준판의 편집자들과 가까운 사람들이 이 문제를 이야기했다는 것을 알고 있었고, 이를 보완하기 위해 교정 용어사전을 첨부하는 등의 다양한 방식이 논의되었다는 이야기도 들었습니다. 그러나 결국 지금까지도 모든 제안들은 제안으로만 남게 되었습니다.

프로이트와 함께 비엔나에서 살았고, 같은 시간과 공간을 공유하며 프로이트의 사상과 친숙했던 이들은 대부분 이미 세상을 떠났거나, 고령이 되었습니다. 그렇기에 만약 표준판의 오역들을 교정해야 한다면, 프로이트와 문화적 배경을 공유하고 프로이트만큼이나 그 언어에 익숙한 누군가가, '지금' 해야만 할 것이라 생각했습니다. 이것이 제가 오랫동안 느껴왔던 주저함을 극복할 수 있었던 이유입니다.

하지만 저 역시도 많은 오역들을 완전히 다룰 수 있는 만큼의 시간이 없습니다. 또 어떤 것은 제 역량을 훨씬 뛰어넘을 것 입니다. 그리고 이미 오해석을 기반으로 한 프로이트라는 사람, 그의 삶, 사상에 대한 이해가 널리 알려져 있는 상황이기 때문에, 어떤 것에 초점을 맞춰 교정 작업을 해야 할지를 결정하는 것부터가 쉽지 않습니다.

프로이트가 여든일 때 써낸 짧은 회고록 중 '아크로폴리스에서 일어난 기억의 혼란A Disturbance of Memory on the Acropolis'은 30여년 전 아테네에서의 여행 경험을 이야기하고 있습니다. 이 회고록은 학창시절 그가 느낀 감정, 아버지와의 관계, 그리고 그의 배경 등 프로이트의 많은 부분을 담고 있습니다. 마지막 문장에서 프로이트는 아크로폴리스에서의 경험이 갖고 있는 깊은 의미를 분석하는 데에 성공했다고 말합니다. 그는 이 경험의 기억이 자주 자신을 '찾아왔다'고 이야기합니다. 이 기억이 자주 떠오른다는 사실은 그리 놀라운 일은 아닙니다. 늙고, 병(프로이트는 말년에 구강암으로 고생했습니다)으로 인해 지친 자신이 앞으로 더 여행을 할 수 있을지를 장담할 수 없는 상황이었기 때문입니다. 이 회고록에서 프로이트는 "Und jetzt werden Sie sich nicht mehr verwundern, dass mich die Erinnerung an das Erlebnis auf der Akropolis so oft heimsucht … " 라고 말합니다. 여기서 그가 이 기억을 재현하기 위해 자주 언급하는 용어인 '방문 heimsuchen'은 특별한 의미로 가득 차 있습니다. 그가 살았던 비엔나에서는 엘리자벳이 성모 마리아를 방문한 것을 기념하는 그리스도교의 축일인 성모 마리아 방문 축일Maria Heimsuchung을 매우 중요한 날로 여겼습니다(지금도 그렇습니다만). 이 사건을 표현한 많은 작품이 있을 정도로, 이 사건은 많은 종교적 의미를 가집니다. 당시 프로이트는 자신이 이제 더 이상 여행을 할 수 없음을 이미 알고 있었습니다. 이 마지막이 될지 모르는 여행에서, 성모 마리아가 엘리자벳의 '방문'으로 매우 중요한 것을 깨달았듯이[1], 프로이트 역시 아크로폴리스를 방문하는 경험을 통해 자신의 기억을 성공적으로 분석하여 가장 위대할 뿐만 아니라 개인적으로도 중요한 경험을 했던 것입니다. 그가 이를 표현하기 위해 heimsucht라는 단어를 선택한 것은 이런 맥락이 있습니다.

---

1 엘리자벳은 세례자 요한의 어머니이며, 찬양을 통해 마리아가 하느님의 어머니임을 나타냈다. (역주)

당신이 잃어버린 프로이트

프로이트는 이 회고록의 시작 부분에서, 이 기억이 스스로를 주장하듯이 빈번하게 떠오르는 이유를 알 수 없었다며 "tauchte immer wieder aut"라는 표현을 사용하고 있습니다. Auftauchen의 뜻은 문자 그대로 '(수면 위로)떠오르다'는 뜻인데, 이는 갑작스럽게 나타나는 무언가를 설명하기 위해서도 많이 사용하는 단어입니다. 회고록을 보면 프로이트는 하나의 현상을 다양한 표현으로 설명하는데, 이를 통해 그가 기본적으로 언어를 사용하는 데에 매우 능숙했음을 알 수 있습니다. 여기서 프로이트는 '떠오르는 기억'이라는 용어를 깊이를 알 수 없는, 무의식으로부터 갑작스럽게 나타나는 것이라는 의미를 담아 사용한 것입니다. 그렇기에 '떠오르는 기억'이 '방문'한다는 표현은 표면적인 의미 그 이상의 의미를 가진 표현이라 할 수 있습니다.

하지만 표준판은 회고록의 마지막 문장을 이렇게 번역했습니다. "이제 당신은 아크로폴리스에서 있었던 사건에 대한 회상이 자주 나를 괴롭혔으리란 사실이 더 이상 놀랍지 않을 것입니다And now you will no longer wonder that the recollection of this incident on the Acropolis should have troubled me so often." 이 오역은 프로이트가 자주 이 기억이 자신을 '괴롭혔다troubled'고 이야기했으리라는 가정과, 자신의 배경에 대한 프로이트의 태도[2]를 어림짐작한 결과물입니

---

2 프로이트는 유대인이라는 이유만으로 자주 고통을 겪었다. 유럽 전역에는 유대인에 대한 차별이 존재했으며 그가 자란 오스트리아에는 반유대주의가 팽배했다. 제2차 세계대전 때는 나치를 피해 런던으로 망명하기도 했다. (역주)

다. 하지만 정작 프로이트 본인은 이를 '괴로운' 것이라고 이야기한 적이 없습니다. 단지 그 기억이 그를 자주 '찾아왔다고visited' 이야기했는데, 그가 이 표현을 사용한 이유는 앞서 말했던 것처럼 이 단어가 더 깊은 의미, 특히 종교적 차원에서 더 깊은 의미를 가지고 있었기 때문이었습니다.

이 사례는 오역이 어떻게 프로이트에 대해 잘못된 결론을 내리게 할 수 있고, 또 내리도록 해왔는지를 보여주는 비교적 사소한 예라고 할 수 있습니다. 이 예를 통해 제가 프로이트와 심리분석의 본질에 대한 오해석을 바로잡고자 하는지 충분히 설명이 되었으리라 생각합니다. 하지만 앞서 이야기한 것과 같이, 이 작업을 본격적으로 시작한다면 그 작업의 범위는 제가 상상할 수 없고 감당할 수 없을 정도이기 때문에, 이를 제가 감히 시도해볼 수도 없습니다. 대신 저는 제가 할 수 있는 두 가지의 조금 더 작은 과제에 집중하기로 했습니다. 첫 번째는 심리분석에서 가장 중요한 개념 중 몇 개의 오역을 바로잡는 것이고, 두 번째는 프로이트가 얼마나 '인간적인' 사람이었는지 보여주는 일입니다. 그는 휴머니스트라는 단어의 의미가 가장 잘 들어맞는 사람이었습니다. 프로이트는 인간 내면의 가장 깊숙한 것에 깊은 관심을 가졌습니다. 그는 이것을 자주 '인간의 영혼'이라는 은유를 사용하여 지칭했는데, '영혼'이라는 단어가 수많은 정서적 의미를 불러일으키기 때문이었습니다. 그럼에도 현재 프로이트 저작의 영역본은 이 '영혼'에 대해 어떤 설명도 하지 않고 있습니다.

당신이 잃어버린 프로이트

저는 수년 간 프로이트 저작의 영역본이 가지고 있는 문제에 대해 많은 이들과 이야기 했습니다. 이 과정에서 얻은 도움이 너무나 많아 여기에 다 언급하기 어려울 정도입니다. 그렇지만 최소한 폴 크래머 박사, 리처드 스테바 박사, 트루드 바이스코프, 그리고 헨리 폰 비츠레벤 박사에게는 감사를 전하고 싶습니다.

세심하고 사려 깊게 이 책의 원고를 편집해준 조이스 잭에게도 많은 감사를 보냅니다. 로버트 고트리브는 친절하게도 이 책의 최종 형태를 제안해주었습니다. 마지막으로 값진 제안과 용기를 불어 넣어준 테론 레인즈에게 감사드립니다. 그가 없었다면 이 책은 절대 끝마치지 못했을 것입니다.

이 책에서 인용한 프로이트의 글들 대부분은 표준판에서 가져왔습니다. 출처를 표시하지 않은 번역은 모두 제 것입니다.

B. B.

I

나는 비엔나의 중산층 유대인 가정에서 태어났기에, 프로이트의 배경을 형성한 것과 여러모로 동일한 환경에서 자라고 교육받았다. 중등학교, 그리고 비엔나대학에 이르기까지 내가 경험한 문화들은 50여년 전 프로이트의 학창시절과 크게 다르지 않았다. 그렇기에 내 방식대로 프로이트를 읽고 생각하기 시작한 건 아주 자연스러운 일이었다. 나는 프로이트의 초기 저작 부터, 〈쾌락 원리 너머Beyond the Pleasure Principle, 1920〉, 〈자아와 이드The Ego and the Id, 1923〉 이후 그의 완전히 발전한 사상을 담은 후기 논문 모두를 포함한 새로운 저작들을 열광적으로 읽어나갔다. 그의 심리분석 체계는 내가 태어나기 몇 년 전에 완성되어 있었기 때문에, 그의 사상을 따라가며 저서들을 이해할 수 있었다. 또한 나는 프로이트가 생각하고 일했던 환경과 동일한, 독특한 비엔나 문화권에서 심리분석을 공부하고 나를 분석했기에 이해가 더욱 빨랐다. 중년에 이르러서는 운 좋게도 미국에서 새로운 삶을 시작할 수 있었는데, 이곳에서 그의 영역본 저작을 접하게 되었다. 영어로 읽는 프로이트는 독일어로 읽었을 때와 아주 다른 인상을 주었다. 프로이트 저작의 영역본들은 원본에 스며있는 심리분석의 본질인 인본주의를 제대로 담아내지 못했던 것이다.

〈꿈의 해석The Interpretation of Dreams, 1900〉은 꿈의 의미 뿐만 아니라 무의식의 본질과 힘power에 관한 이해를 열어주는 책으로, 여기서 프로이트는 자신이 더 나은 자기인식을 이루고자 몹시 고되게 싸우고 있음을 말한다. 또한 다른 책에서는 왜 이런 싸움이 우리에게도 필요한지를 설명하기도 했다. 그의 글들은 정갈하면서도 설득력이 있으며, 영적 여정과 유사한 자기발견의 유익함을 종종 아주 뛰어난 방법으로 독자들에게 넌지시 알려준다. 프로이트는 어떻게 스스로 영혼을 자각해나갈 수 있는지를 보여주었다. 비밀스러운 사적 지옥이라고도 할 수 있는 영혼의 가장 깊은 곳을 알아간다는 것은 결코 쉽지 않은 일이다. 그러나 프로이트는 자기발견이 필요함을 설명하며, 이 매우 힘들고 위험한 여정이 우리를 더욱 온전한 인간으로 만들고, 그럼으로써 더 이상 내부에 있는 어둠의 힘에 노예처럼 끌려다니지 않을 수 있다는 확신을 준다. 이런 힘의 기원과 잠재력을 탐구하고 이해하게 됨으로써 우리는 이 힘에 더 잘 대처할 수 있을 뿐만 아니라, 우리와 함께하는 이들에 대해 훨씬 깊은 공감적 이해를 이룩할 수 있게 되는 것이다. 프로이트는 자신의 저작에서 자주 영혼의 본성과 구조, 발달과 특성, 그리고 영혼이 어떻게 스스로 우리의 꿈과 모든 행동에서 드러나는지에 대해 말한다. 그러나 불행하게도 프로이트를 영어로 읽은 이 중 누구도 이를 발견하지 못할 것이다. 영역본에서는 영혼에 대한 그의 수많은 참고자료와 영혼의 개념에 관한 주요 설명이 거의 모두 삭제되었기 때문이다.

프로이트는 언제나 우리의 공통된 인간성에 대해 항상 직접적이면서 개인적으로 접근했지만, 번역 과정에서 심리분석의 가장 중요한 개념들이 오역됨에 따라, 영어권 독자들은 프로이트를 몰개성적이고 고도로 이론적이며, 학술적이고 기계적인, 다시 말해 '과학적으로' 마음의 낯설고도 복잡한 작용을 설명한 사람인 것처럼 이해하게 되었다. 이러한 오역들은 우리가 인간과 인간의 행동을 이해하기 위해 우리 모두에게 내재된 인간적인 것에 대한 깊은 감정을 두드리도록 하는 대신, '과학적인' 태도를 취하도록 유혹하고 있다. 게다가 무의식이 어떻게 우리의 수많은 행동을 통제하는지에 대한 '과학적인' 이해를 돕고 있다.

나는 이를 시카고대학에서 장애아동을 위한 특수학교Orthogenic School의 관리자가 된 1940년대에 깨닫게 되었다. 함께 일했던 교사들은 프로이트를 많이 읽는 편이었는데, 그들은 자신들이 책을 통해 이해한 프로이트의 사상에 확신을 가지고 이를 아동들에게 적용하고자 했다. 그들은 확실히 무의식적 과정을 '이론적'으로 이해했다. 하지만 이는 심한 정신의학적 장애를 앓고 있는 아동들을 돕는 데에는 그닥 쓸모가 없었으며 오히려 자주 방해가 되었다. 이론적으로 이해한 무의식적 과정은 논리적이긴 했지만 정서적이지는 않은, 머리로만 하는 이해였다. 아동들에게 정말로 필요했던 것은 무엇이, 왜 아동의 영혼을 괴롭히고 있는지를 즉각적으로 알아차리고 공감하는 정서적 친밀감, 그리고 우리의 무의식에 내재된 다른 이를 향한 마음에서 우러나오는 공감과 영혼에서 비롯된 정서적 반응이었다. 이는 프로이트가 명확하게 표현하진 않았지만, 자주 자신이 사용하는 용어에 담아 이야기했던 것이다. 영어로 번역된 프로이트를 읽은 교사들은 모두 이를 놓쳤다. 영역본에서는 영혼이 언급되지 않았으니, 누구도 영혼에 대한 이해를 얻을 수 없었던 것이다.

번역본이 가진 가장 큰 문제는 프로이트가 독자 자신과 인간의 내면 세계에 대해 말하고자 했던 것과 달리, 추상적 개념을 사용하여 오히려 독자가 자신의 무의식으로부터 거리를 두도록 만들었다는 것이다. 그 결과 영역본이 말하는 심리분석은 다른 이에게 적용하는 지적 구성체계같은 것이 되어버렸다. 그 영향으로 심리분석을 공부하는 학생들은 심리분석을 개인적인 것으로 받아들이지 않게 되고, 스스로의 무의식을 비롯해 내부에 있는 가장 인간적인, 하지만 받아들일 수 없는 모든 것에 접근하지 않으려고 하게 되었다.

거의 40여년 간 나는 미국의 대학원생과 정신과 레지던트들에게 심리분석을 강의해왔다. 이 과정에서 영역본의 오류가 프로이트와 심리분석에 대해 진정한 이해를 얻고자 하는 학생들의 노력을 얼마나 심각하

당신이 잃어버린 프로이트

게 방해하는지 확인했다. 똑똑하고 헌신적인 학생들을 가르치는 일은 나의 즐거움이었음에도, 심리분석이 무엇에 대한 것인지 매우 열정적으로 배우고자 한 학생들에게 충분히 심리분석을 가르칠 수 없었다. 내가 알게 된 것은, 학생들이 심리분석을 타인과 적절한 거리를 유지한 채 상대를 분석하는 방식이라고 생각한다는 것이었다. 학생들은 추상성이라는 안경을 통해 다른 이들을 관찰하고, 지적인 개념의 의미를 사용하여 그들을 이해하고자 하며, 절대로 시선을 돌려 스스로의 무의식이나 내면의 영혼을 보려고 하지 않았다. 심지어 스스로를 분석 중인 학생들에게도 이런 모습이 나타났다. 간혹 심리분석을 통해 평안을 얻고 삶을 마주하는 것에 도움을 받은 학생들도 있었고, 고질적인 신경증 증상을 앓는 이들이 자유로워지기도 했지만, 심리분석에 대한 오해는 여전히 남아 있었다. 심리분석은 자기자신, 마음 깊은 곳을 휘저을 수 있는 스스로의 행동에 대한 통찰을 얻는 것이었으나, 학생들은 이를 순수한 지식체계이자 기발하고 재미있는 게임이라고 인식했다. 학생들이 분석하고자 했던 것은 언제나 다른 누군가의 무의식이었지, 자기자신이 아니었다. 무의식의 작용을 이해하기 위해서는 자신의 꿈을 분석해야 했고, 자신의 말실수, 어떤 것을 잊거나 다른 여러 실수를 만든 이유를 이해해야 했지만, 그렇게 하지 않았다.

학생들은 프로이트의 사상에서 본질을 잡아내는 데에 실패하고 있었다. 이에 대한 가장 좋은 설명은 그들 스스로가 자신의 무의식을 알지 못한 채로 남겨두고 싶어하는 보편적인 소망을 갖고 있었다는 것이다. 프로이트는 이미 심리분석을 대하는 이들에게 이런 일이 벌어질 수 있다는 것을 매우 잘 알고 있었기 때문에, 가능한 직접적으로 말하고자 했다. 그는 자신이나 자신의 환자들에 대해 글을 쓸 때 자신이나 환자, 다른 이들뿐만 아니라 그 글을 대하는 독자를 포함한 우리 모두에 대해서 말하고 있음을 인식할 수 있도록 글을 썼다. 그는 독자들이 스스로에게 심리분석적 통찰을 적용할 수 있도록 솔직한 문체와 단어를 사용했다. 스스로의 내적 경험을 통해서만 자신이 말하고자 하는 바를 완전히 이해할 수 있다는 것을 알고 있었기 때문이다.

시간이 지나면서 프로이트의 이론에 대한 잘못된 이해가 생겨나기 시작했고, 잘못된 번역은 이런 오해에 기름을 부었다. 그 결과, 오늘날 심리분석은 프로이트가 말한 본질적 개념으로부터 멀어졌다. 프로이트의 사상을 이해하기 위해서는 개념의 번역 뿐 아니라 문화의 번역도 필요했다. 그러나 이 작업은 충분히 이루어지지 않았고, 결과적으로 유럽 고전 문학이 생소한 다른 문화권의 독자들에게 프로이트가 자신의 말에 넣어둔 암시는 대부분 묵살되었다. 번역 과정에서 프로이트가 의미를 담아 사용한 표현들은 한 번에 이해하기 어려운 전문용어로 대치되었고, 이로 인해 핵심 개념들은 더 이상 다채롭고 특별한 의미를 가지지 못하게 되었다. 프로이트가 인간적인 울림을 주고 깊은 의미를 끌어올리기 위해 일부러 선택한 단어들이 그 의미를 상실하게 된 것이다.

Ⅱ

언어는 프로이트의 작업에서 매우 중요한 도구이다. 그의 독일어는 능수능란할 뿐만 아니라 매우 시적이기도 했으며, 그렇기에 그는 자신의 생각을 언어에 충분하게 담아냈다. 독일어 저서에 익숙한 사람들에게 프로이트의 언어 능력은 이미 잘 알려져 있다. 프로이트가 쓴 치료 사례들은 당시 쓰여진 최고의 소설만큼이나 널리 읽혔으며 주목받았다. 많은 독일 작가들도 프로이트의 문장을 칭찬했다. 토마스만Thomas Mann은 프로이트의 책을 "이 책의 구성과 형식은 모든 위대한 독일어 에세이에 견주어도 손색이 없으며, 그 중에서도 걸작"이라고 언급하였다. 헤르만 헤세Hermann Hesse는 프로이트의 작품이 "매우 높은 인간성과 매우 높은 문학적 자질로 독자를 설득한다"고 찬사를 보냈고, 덧붙여 그의 언어에 대해 "정말로 지적이며 아름답도록 간결하고 정확한 정의이다"라고도 말했다. 알버트 아인슈타인Albert Einstein은 특히 프로이트가 작가로서 성취한 지점을 존경한다고 말하며, 당대에 프로이트처럼 정통한 독일어로 자신의 주제를 제시할 수 있는 사람은 아무도 없다고 평했다.[3] 실제로 프로이트는 자신의 문체를 독일 고전문학, 그중에서도 대부분은 괴테에서 따왔다. 괴테는 프로이트가 학창시절 탐독하며 매우 많은 영향을 받았던 인물이었다. (참 우연하게도, '승화sublimieren'라는 단어를 독일어로 소개한 사람 역시 괴테였다. 이는 앞으로 더 많은 연구를 통해 알아가야 할 인간의 '감정'과 관련된 단어이다.)

이처럼 프로이트는 '아주 적절한 말mot juste'을 찾는 것을 대단히 중요하게 생각했기 때문에, 번역 과정에서 사용된 서투르고 부정확한 번역어는 오히려 그의 사상을 심각하게 손상시키는 결과를 초래했다. 프로이트의 사상은 정확한 단어나 적절한 구절을 사용하지 않으면 거칠고 단순해질 뿐만 아니라 심각하게 왜곡되기도 하는데, 실제로 엉성한 번역으로 인해 프로이트가 사용한 단어의 미묘한 감각적 어조와 암시는 대부분 없어져 버렸다. 이 표현들은 프로이트가 독자로 하여금 단순히 지적수준 뿐만 아니라 정서적으로도, 그리고 의식뿐만 아니라 무의식에서도 떠올리고 이해할 수 있게끔 의도적으로 사용한 것들이었다. 그가 미묘한 감각적

---

3 프로이트가 문학적으로 통달해있음을 찬사하는 많은 글들은 그의 문체를 분석한 Walter Schonau의 Sigmund Freud's Prosa에서 볼 수 있다.

당신이 잃어버린 프로이트

어조와 암시를 사용하여 의식과 무의식 두 가지 차원의 의미를 담았던 이유는, 두 차원 모두에서 그의 저서를 읽어야만 프로이트가 전하고자 했던 온전한 의미, 즉 그 미묘함과 풍부함을 모두 잡아낼 수 있으며 궁극적으로 심리분석을 바르게 이해할 수 있기 때문이었다.

프로이트는 가장 보편적인 용어, 독자들이 어렸을 때부터 사용했을 단어를 사용하여 자신의 새로운 생각을 전달하고자 했다. 문장가로서 프로이트의 업적은 사람들이 일상적으로 사용했던 단어들에 새로운 뉘앙스, 의미, 통찰을 가득 채워넣었다는 것이다. 친숙한 용어들로 충분히 소통할 수 없을 때는 보편적인 용어로부터 새로운 단어를 창조해냈다. 그는 주로 독일어에서 흔히 하는 방식인 두 단어를 결합하여 새로운 단어를 만들어냈고, 평범한 단어에 새로운 의미를 부여하거나 결합 혹은 병렬해도 자신이 전하고자 했던 바를 표현하는 데에 부적절한 경우에만 그리스어와 라틴어를 사용했다. "오이디푸스 콤플렉스"가 독일어를 사용하지 않은 경우인데, 이는 개념 설명을 같은 제목의 그리스 신화에서 차용했기 때문이다. 그는 자신의 독자를 학교에서 고전문학을 공부한 교양있는 이들이라 생각하고 글을 썼다. (프로이트 시대에는 고등교육 기관에서 그리스어나 라틴어를 배웠다.) 하지만 이런 경우일지라도 프로이트는 명시적인 뜻과 함께 더 깊은 의미로 독자들과 소통하는 것에 중요한 의미를 부여했기에 최대한 독자들에게 친근한 단어를 선택했다.

III

그리스어 중 프로이트가 매우 의미있는 방식으로 사용한 단어는 '에로스', '에로틱'이다. 이 단어로부터 성감대라는 중요한 개념이 유래하는데, 프로이트는 이 용어를 구강, 항문, 성기와 같이 에로틱한 자극에 특히 민감한 신체 부위로 지칭했다. 이 개념은 〈성욕에 관한 세 편의 에세이Three Essays on the Theory of Sexuality, 1905〉에서 처음 등장한다. 프로이트는 1920년에 쓴 제4판 서문에 "심리분석에서 확장된 성의 개념은 성(聖)스러운 플라톤의 에로스와 매우 일치한다"고 강조했다. 프로이트처럼 고전 전통에 깊이 스며들어있는 독자들에게 이 단어는 매력적인 그리스의 신 에로스, 그리고 영혼을 의미하는 프시케라는 여인에 대한 그의 깊은 사랑을 상기시켜준다. 에로스는 프시케에게 영원한 사랑과 헌신을 바치며 혼인하였다. 신화에 친숙하다면, 에로스와 프시케를 함께 떠올리는 것이 당연하다. 그리고 프시케가 처음에 어떻게 속아 넘어가서 에로스를 혐오스러운 존재로 믿게 되었는지, 그로 인해 맞게 된 대단히 비극적인 상황도 함께 떠올리게 된다.[4] 따라서 신화에 대한 이해 없이 에로스, 혹은 그와 관련된 것들을 단지 성적이거나 괴물같이 보는 관점은 오류이며, 오히려 신화는 에로스를 이런 관점에서 보는 것이 비극을 초래한다는 이야기를 전한다. (에로스와 큐피드를 혼동하는 것도 똑같은 오류가 될 수 있다. 큐피드는 무책임하고 짓궂은 어린 소년인 반면, 에로스는 완전히 자라 청년으로서의 아름다움과 힘이 최고조에 달해 있는 존재이기 때문이다.)

성적인 사랑이 진정으로 에로틱한 쾌락 경험이 되기 위해서는, (에로스로 상징되는)아름다움과 (프시케로 상징되는)영혼에 대한 갈망이 함께 나타나야 한다. 프로이트가 '에로스', '에로틱'이라는 사용할 때에는 이런 의미를 전제하고 있다. 고전 문학에서 온 개념들에 대한 이해와 그 개념에 깔려있는 암시를 놓치는 경우, 그 단어들은 프로이트가 말하고자 했던 진정한 의미를 잃게 될 뿐만 아니라 오히려 그가 의도한 의미와 반대되는 의미가 강조되기도 한다.

프로이트가 만든 '심리분석psychoanalysis'이라는 단어의 의미도 살펴보

---

4 프시케는 두 언니들의 꼬임에 넘어가 얼굴 한 번 보지 못한 남편인 에로스를 끔찍한 괴물로 생각하게 되었고, 자신의 모습을 보아서는 안 된다는 에로스의 경고를 무시한 채 그 모습을 확인한다. 이로 인해 프시케는 에로스와 이별하게 되었으며 이후 에로스와의 재결합을 위한 험난한 여정을 떠나게 된다. (역주)

자. 이 용어를 익숙하게 사용하는 대부분의 사람들은 이 단어가 그리스어에서 온 두 단어가 결합된 것임을 막연하게는 알고 있지만, 두 단어가 각각 강하게 대비되는 현상을 가리킨다는 사실에 대해서는 거의 알지 못한다. '프시케'는 영혼이라는 뜻으로, 이 말은 풍부한 의미로 가득 차 있다. 정서적이면서 완전히 인간적이고 비과학적이다. 반면 '분석'은 분해하는 것, 즉 과학적이라는 의미를 포함하고 있다. 프로이트의 영어권 독자들은, 이 단어에서 '분석analysis', 즉 과학적이라는 의미를 가진 부분에 강세를 두고 읽는다. 그러나 독일어 Psychoanalyse에서는 영혼을 의미하는 '프시케'에 강세가 있다. 프로이트는 자신이 만든 이 단어를 통해 무시되고 감춰진 영혼의 측면들을 조사하고 분석함으로써 영혼이 우리 삶에서 하는 역할을 이해하고 그 측면들을 알 수 있음을 강조하고자 하였다. 즉, 프로이트가 말한 분석은 영혼을 강조한다는 점에서 과학적인 분석과는 다른 것이다. 프로이트는 인간의 영혼, 우리 자신의 영혼에 대해 우리가 생각하고 느끼는 것을 가장 중요하게 생각했고, 그에게는 이것이야말로 모든 것이었다. 하지만 불행하게도, 프로이트와 같은 시대를 살았던 이들이 '프시케'의 의미를 읽어낸 것과는 달리, 이제 우리는 '심리분석' 혹은 '심리학psychology'이라는 단어에 있는 '프시케'를 보며 프로이트가 강조하고자 했던 것을 떠올리지 않게 되었다.

프로이트에게 프시케는 그녀가 신이 되기 전, 지하세계로 들어가 어떤 것을 찾아와야 했던 존재였기에 특히 매력적이었을 수도 있다. 이와 비숫하게 프로이트 역시 빛을 얻기 위해 감히 영혼의 지하세계로 들어가야만 했기 때문이다. 그는 운명적인 선택을 하게 만드는 무의식적 동기를 분석한 〈세 가지 장식함의 주제The Theme of the Three Caskets, 1913〉라는 에세이에서 아모르Amor(에로스)와 프시케의 이야기를 넌지시 언급하였다. 여기에서 3이라는 숫자는 〈베니스의 상인〉의 세 가지 장식함, 〈리어왕〉의 세 딸, 〈파리스의 심판〉[5]의 세 여신, 그리고 세 자매 중 가장 아름다웠던 프시케를 말한다. 프로이트는 이 모티브에 담긴 두 가지 서로 연관된 주제, 즉 아무것도 알지 못하지만 선택권이 있다고 믿고 싶어하는 우리의 소망과, 남성의 삶에서 여성의 세 가지 운명적 역할들을 보여주고자 했다. 이 역할들은 어머니, 연인, 그리고 결국은 죽음 이후 남성이 돌아가게 되는 상징적 어머니(어머니 지구)이다. 아모르와 프시케의 이야기는 아들에 대한 어머니의 깊은 애착을 묘사하고 있다. 어머니와 아들의 관계는 프로이트가 남성의 삶에 있어 가장 비양가적이라고 보았던 것이다. 또한 이 이야기는 어머니가 아들이 사랑하는 여자에게 느끼는 극도의 질투심도 묘사하고 있다.

아풀레이우스[6] 가 말했듯, 프시케의 아름다움은 너무나 위대했기에 아프로디테보다 더 칭송받았으며 이는 아프로디테에게 모욕적인 일이었

---

5 그리스 신화에서 아프로디테, 헤라, 아테나 중 가장 아름다운 여신을 골라야 했던 목동 파리스의 이야기. 이후 트로이 전쟁의 시초가 된다. (역주)

6 북아프리카의 철학자, 수사학자(123~170년) (역주)

다. 이에 아프로디테는 '벌어진 입술로' 아들이 프시케를 죽이도록[7] 설득하기 위해 '아들에게 오랫동안 열렬히 키스했다'. 그러나 어머니가 명령을 이행하도록 유혹했음에도 불구하고 아모르는 프시케와 깊은 사랑에 빠지고 말았다. 이 일은 아프로디테의 질투심만을 증폭시켰고, 그녀는 프시케를 죽이기 위해 지하세계로 내려가 '하루치의 아름다움'이 담긴 장식함을 가져오라는 것을 비롯하여 죽을 수도 있는 여러 과제들을 내렸다. 그리고 아들인 아모르의 마음을 확인하기 위해 그를 가두었다. 절망한 아모르는 자신과 동일하게 여성을 향한 '아모르적 경험amorous experience'을 한 아버지 제우스에게 도움을 청하였으며, 결과적으로 제우스는 프시케를 아들의 신부로 맞아주었다.

아모르와 프시케의 이야기는 오이디푸스 이야기와 대응되지만, 몇 가지 측면에서 중요한 차이점이 있다. 오이디푸스 신화에서 아버지는 아들이 자신을 대체할 것이라는 공포로 인해 아들을 죽이려 한다. 반면 프시케의 이야기는 남성들과 아들이 사랑하는 젊은 여성이 자신을 대체할지 모른다는 두려움으로 인해 그녀를 죽이려 한다. 그러나 오이디푸스의 이야기가 비극적으로 끝나는 반면, 아모르와 프시케의 이야기는 행복한 결말을 맞는다. 이는 아주 의미있는 차이이다. 아들에 대한 어머니의 사랑

---

7 원저에서는 destroy. 저자 역시 프로이트와 마찬가지로 단어를 통해 독자들이 "프시케를 죽이다" 뿐만 아니라 "영혼을 파괴하다"라는 의미를 함께 떠올릴 수 있도록 하고 있다. (역주)

과, 아들이 사랑하는 여성에 대한 격렬한 질투는 그것이 공공연하게 드러나도 사회적으로 수용된다. 이는 젊은 여성의 아름다움이 원숙한 여성의 아름다움을 뛰어넘으며, 아들은 어머니를 떠나 다른 여성을 사랑하게 되고, 여성은 연인의 어머니가 가진 질투로 인해 고통받는, 오랜 시간 당연하다고 여겨진 인간의 정서적 행동이자 세대간의 자연스러운 갈등이라고 여겨지기 때문이다. 그렇기에 결국 제우스와 아프로디테는 이 상황을 받아들이고 모든 신들이 지켜보는 앞에서 아모르와 프시케의 결혼을 축하해주었다. 프시케는 불멸의 존재가 되었고 아프로디테는 프시케와 화해하였다. 그러나 아버지를 죽이고 어머니와 결혼한 오이디푸스는 환상으로만 남았어야 했던 어린시절의 환상을 현실에서 실현했다. 오이디푸스는 어머니가 아닌 자기와 같은 세대의 여성과 결혼하고, 이 과정에서 아버지와 화해하게 된다는 자연의 순리를 거스른 것이다. 그렇기에 오이디푸스 이야기는 사건과 관련된 모두에게 있어 비극으로 끝나게 된다.

　프로이트가 이 두 개의 고대 신화가 가진 유사점과 차이점에 대해 어떤 감명을 받았는지는 알 수 없다. 그러나 프로이트가 그리스 신화를 부지런히 공부했다는 사실, 그리고 그리스와 로마, 이집트 신화의 조각상을 모았다는 사실을 통해 그가 얼마나 신화에 매료되었었는지 알 수 있다. 그는 일반적으로 프시케가 젊고 아름다우며, 새나 나비같은 날개를 가진 존재로 묘사되는 것을 알고 있었다. 새와 나비는 많은 문화권에서 영혼을 상징하며, 초월적인 성질을 의미한다. 그는 이 상징들이 '프시케'

라는 단어에 아름다움, 연약함, 비실체성을 부여해주었고, 그렇기에 영혼을 다루기 위해서는 존중과 돌봄, 그리고 배려가 필요함을 말하고자 했던 것이라 볼 수 있다. 이런 태도는 심리분석을 위한 기본이다. 그렇지 않은 다른 접근들은 프시케를 더럽히거나 파괴하기까지 할 것이기 때문이다.

IV

프로이트는 우리가 자기자신을 이해할 수 있도록 돕기 위해 평생 고군분투했다. 그는 우리가 스스로를 이해하게 된다면, 더는 알지 못하는 힘에 얽매여 불만족스럽거나 끔찍하기까지 한 삶을 살지 않게 됨은 물론, 다른 사람들을 비참하게 만들거나 우리 스스로를 해치지 않을 수 있다고 생각했다. 프로이트는 무의식의 내용을 살피는 과정을 통해 그동안 마음 깊이 품고 있던 '인간에게 내재된 무한히 완벽해질 수 있는 능력'과 '타고난 선함'과 같은 개념에 의문을 품기 시작했다. 그는 유아적인 자기중심성에서 기원한 자기애와 양가성을 끄집어내어 이것의 파괴적인 본성을 드러냈으며, 델포이의 아폴로 신전에 쓰여진 '너 자신을 알라'는 말에 영향을 받아 자신의 삶과 저작을 통해 우리 역시 스스로를 알 수 있게 돕고자 하였다.

그러나 자신을 완전히 안다는 것은 매우 불편한 일이다. 자신을 안다는 것은 스스로를 변화시킬 의무를 내포하고 있으며 이는 매우 고되고 고통스러운 과제이기 때문이다. 프로이트와 심리분석에 대한 현대의 많은 오해들은 이러한 자기인식의 두려움, 그리고 자기인식과 정서적으로 거리를 두게 만드는 번역으로 인해 다른 사람들의 하는 행동 중 몇몇 측면들을 분석하는 기법이 되어 버렸다. 하지만 프로이트의 통찰은 우리 안에 있는 스스로를 지키고자 하는 욕망을 지적하고 있다. 이처럼 인간의 자기이해를 위해 열심히 분투해온 사람의 작업이 되려 심리분석에 관한 오해들을 만드는 재료가 되었다는 사실은 너무나 모순적이다.

프로이트의 번역자들은 그의 이론 중 성적 충동의 역할에 관한 개념의 일부분만을 선택적으로 받아들였고, 영혼의 어두운 면에서 인간의 파괴적인 성향이 나온다는 그의 비극적인 신념을 오해석하였다. 결과적으로 이러한 오해석은 인간 행동의 부정적인 측면이 단순히 나쁜 사회에 살게 된 결과라는 안이한 이론으로 왜곡되었고, 프로이트의 추종자라는 이들이 오히려 인간이 처한 상황에 관한 깊이있는 그의 사상을 얄팍한 것으로 변질시켰다.

프로이트는 문명 사회의 창조는 모든 결점에도 불구하고, 여전히 인간의 가장 고귀한 업적이라고 확신하였다. 그러나 번역자들은 〈토템과 터부Totem and Taboo, 1912-13〉와 〈문명과 불만족Civilization and Its Discontents, 1930〉을 심각하게 오해석함으로써 스스로의 심연을 직면하여 내면의 혼란을 길들이고 통제하는 대단히 어려운 과제를 마주하는 대신, 심리분석이 인생을 쉽고 즐거운 것으로 만들어줄 것이라는 착각, 자기표현이라는 구실 하에 성적 욕망을 자유롭게 표출하고 탐닉할 수 있을 것이라 생각해버리고 말았다. 그러나 프로이트는 무의식을 폭로하는 작업을 통해 우리에게 무의식에 대한 일정 정도의 이성적인 통제력을 주고자 했다. 무의식의 압력에 따라 행동하는 것이 적절하지 않을 때 이를 지연시키거나 무력화할 수 있도록, 무의식이 가진 힘을 승화를 통해 더 높고 나은 방향으로 뻗어갈 수 있도록 하기 위해 무의식을 분석한 것이다.

프로이트가 자기분석을 통해, 그리고 그의 환자들이 억압해뒀던 기억을 상기시키도록 도우면서 겪은 어려움은, 누군가의 무의식을 발굴해내는 것이 결코 쉽지 않다는 사실이었다. 그는 초창기의 경험을 통해 바람직한 결과를 위해서는 환자가 분석가에게 긍정적인 전이를 보이는 것, 그리고 분석가가 자신의 감정을 조심스럽게 통제하는 일이 절대적으로 필요하다는 것을 알게 되었다.

프로이트는 자기발견을 위한 심리분석 작업이 안전하고 효과적으로 진행되기 위해서는 특별한 세팅이 필요하다고 결론지었다. 환자가 무의식이라는 냄비를 안전하게 열기 위해서는, 그의 감정을 해방시키고 억압을 해제하는 것이 필요했다. 비록 그런 억압 중 대부분은 사회에서 살아가기 위해 꽤 유용한 것들이었지만, 이 억압의 강도를 낮추고 감정을 해방시켜야 비로소 환자가 자신과 타인의 이익을 위해 통제해야 했던 감정과 생각을 표출할 수 있었다. 그리고 감정과 생각을 표출해야만 억눌린 무의식이 치료실 밖에서의 일상생활을 방해하거나 개인적인 관계들을 망치지 않을 수 있고, 환자가 자신의 무의식 속에서 진행되고 있는 것을 제대로 볼 수 있게 된다는 사실을 알게 된 것이다.

하지만 프로이트의 이런 신중한 접근은 다방면에서 무시되었고, 그 결과 심리분석은 엄격하게 제한된 시간 동안 격리한 채 말하는 것이 아니라 무제한적인 방임을 옹호하는 것처럼 여겨져왔다. 우리 자신과 타인의 삶에서 참혹한 피해가 초래될 수 있음에도 불구하고, 모든 상황에서 언제나 제한없이 행동하는 것이 중요하다고 말하는 것처럼 말이다. 심리분석이 지나친 억압이 초래하는 결과들을 드러냈기 때문에, 마치 모든 통제를 부정하는 것으로 오해를 받게 된 것이다.

심리분석은 무의식을 드러내기에 너무 멀어지거나 빨라지지 않도록, 특별히 훈련되고 믿을 만한 치료자의 지도 하에 하루 중 50분 동안 '모두 드러내야 한다'는 엄격한 지침을 바탕으로 진행되지만, 이것 또한 와전되어 언제 어디서나 '무의식을 드러내라'라고 이야기하는 것으로 오해받았고, 프로이트가 중요하게 생각한 '너 자신을 알라'는 '너 좋을대로 하라'가 되어버렸다.

프로이트는 심리분석에 대한 비방이 심리분석의 발전에 어떤 위협도 되지 않음을 여러 번 강조하였다. 오히려 그가 염려했던 것은 심리분석을 순진하게 바라보는 이들과, 이기적인 욕망이 이끄는 대로 행동하는 걸 합리화하고 다른 이에게 영향을 미치기 위해 심리분석을 이용하는 사람이었다. 프로이트는 심리분석이 제대로 된 이해없이 받아들여지게 될 경우, 파괴적 결과를 초래하게 될 것을 두려워했다.

프로이트는 1909년 미국 클라크대학에서 처음이자 유일한 명예 학위를 받았다. 당시 프로이트는 심리분석이 미국에서 자신의 운명과 같은 길을 걸으며 고통받게 될 것이라고 예측하였다. 그는 1930년에 아래와 같이 썼다.

심리분석이 미국에서 매우 인기가 있고, 유럽에서처럼 끈질긴 저항에 부딪히지 않는다는 말을 들었다. … 나는 미국에서의 이러한 인기가 심리분석의 본질에 대한 우호적인 태도를 의미하지 않을 뿐더러, 심리분석에 관한 이해를 확장하거나 심화시킨다고 보지 않는다. … 미국의 의사와 작가들에게서 가장 흔히 발견되는 것은 그들이 심리분석에 대해 매우 부적절한 친근감을 갖고 있다는 것이다. 그들은 판단[8]을 내릴 때 확신할 수 있도록 몇몇 개념들만 알고 있을 뿐이다.

미국 심리학의 아버지인 윌리엄 제임스William James처럼, 프로이트도 내성introspection에 기반한 연구를 했다. 내성은 심리분석에 관한 모든 것이

---

8 Medical Review of Reviews(1930년, 제36권)에 실린 논문의 초록

다. 프로이트는 오늘날 심리학 개론서에서 다른 어떤 심리학자들보다도 더 많이 인용되고 있지만[9], 인용 수준은 피상적이다. 현대 미국 대학에서 심리학 연구와 교육은 모두 행동, 인지, 혹은 생리학적 지향을 가지고 있으며 대부분 외부로부터 측정하거나 관찰할 수 있는 것에만 배타적일 정도로 집중되어 있다. 지금 미국 심리학 연구에서 내성의 자리는 없다. 미국 심리학은 프시케, 혹은 영혼을 완전히 무시하는 '분석'만 남았다.

프로이트가 없었다면 존재하기 어려웠을 발달심리학 영역에서도 프로이트의 저작을 참고한 자료들은 대개 그의 생각을 반박하거나 진부하게 만들어버렸다. 당대 가장 유명한 소아과 의사였던 벤저민 스포크Benjamin Spock 박사는 〈유아와 육아Baby and Child Care〉라는 책에서 프로이트의 통찰을 아동의 마음에 적용하고 있다. 그는 프로이트를 다음과 같이 인용했다. '(아동의)부모에 대한 기존의 강렬한 애착은 건설적인 발달에 도움이 되며 점차 사라진다. (프로이트는 이러한 전환을 오이디푸스 콤플렉스의 해결이라고 불렀다.)' 이 얼마나 단순한 설명인가! 이 설명에 의하면 애착은 그저 어떤 목적을 돕고나면 갈등이나 잔여물을 남기지 않은 채 점차 사라질 뿐이다. 프로이트는 오이디푸스 콤플렉스가 평생에 걸쳐 우리를 만들어가는 데에 얼마나 깊게 관여하는지 보여주었지만, 그를 인용한 스포

---

9 최근 기록에서 프로이트는 318회 인용되어 1위를 차지하였다. 다음은 스키너 140회, 피아제 107회였다. N.S. Endler, J.P. Rushton, and H.L. Roediger : "Productivity and Scholarly Impact(citations) of British, Canadian, and U.S. Departments of Psychology 1975." American Psychologist, 1978, 33.

크는 오이디푸스 콤플렉스가 시간이 지남에 따라 저절로 사라진다고 생
각해버렸다.

V

프로이트는 아동이 부모와 형성하는 관계, 대부분 혹은 전적으로 무의식적인 생각과 감정, 충동의 소용돌이를 묘사하기 위해 '오이디푸스 콤플렉스'라는 용어를 사용했다. 오이디푸스 이야기의 중요한 세부 사항을 알지 못한다면, 프로이트가 왜 이 용어(은유)를 선택했는지 이해하는 것은 불가능하다. 불행하게도, 내가 심리분석을 가르치고자 노력했던 미국 대학생 대다수는 오이디푸스 신화, 소포클레스의 비극 〈오이디푸스 왕〉[10]에 대해 거의 알지 못했다.

오이디푸스 이야기에서 주인공 오이디푸스는 아동에게 가장 중요한 보호자인 부모로부터 믿을수 없을 정도로 극심한 심리적, 육체적 외상을

---

10 극작가 소포클레스가 쓴 희곡. (편집자 주)

입는다. 테베의 라이오스 왕과 이오카스테 왕비 사이에서 태어난 그는 아들이 자신을 죽일 운명이라는 신탁을 받은 아버지에 의해 뾰족한 것에 양 발목이 뚫린 채로 버려진다. 이후 그는 코린토스의 왕과 왕비에게 발견되고 두 사람을 자신의 친부모로 믿으며 자라게 된다. 그러던 어느 날 누군가가 오이디푸스에게 코린토스의 왕과 왕비가 친부모가 아님을 알려주게 되고, 자신에게 일어난 일을 궁금해한 오이디푸스는 델포이 신전을 찾아간다. 거기서 그는 그의 친부모가 들었던 바와 같이, 자신이 아버지를 죽이고 어머니와 결혼하게 되리라는 신탁을 받게 된다.

이에 충격을 받은 오이디푸스는 자신이 친부모라 생각한 사람들을 보호하고자 하는 강한 욕망에 사로잡혀 코린토스를 도망쳐나와 다시는 돌아가지 않겠노라 다짐한다. 그리스 전역을 떠돌던 그는 한 교차로에서 낯선 이와 싸우다가 그를 죽이게 되는데, 이 낯선 이가 바로 자신의 아버지인 라이오스였다. 여정을 계속 하던 오이디푸스는 황폐해진 테베에 당도하게 된다. 근처 절벽에 자리잡은 스핑크스는 그 앞을 지나가려는 모든 사람들에게 수수께끼를 내어 정답을 맞추지 못하면 가차없이 죽여버렸다. 잃을 것이 없었던 오이디푸스는 스핑크스의 도전을 받아들이게 되고, 결국 수수께끼를 풀어 테베의 왕이 되었고, 테베의 왕비 이오카스테가 자신의 어머니임을 모른 채 결혼한다. 얼마 후, 라이오스를 살해한 사람에게 복수하지 않은 것에 대한 처벌로서 테베에 역병이 닥친다. 오이디푸스는 살인자를 찾아 역병을 막기위해 노력하지만, 그 노력 끝에 마주한 것은 자신이 그 살인자라는 사실과, 자신의 아내가 자신의 어머니라는 사실이었다. 이를 알게 된 오이디푸스는 스스로 눈을 멀게 하였고 이오카스테는 자살한다.

'오이디푸스 콤플렉스'라는 용어는 상징적이다. 프로이트가 자신의 저작에서 사용한 모든 은유와 같이, 이 용어도 풍부한 관계성과 연상 가능성을 내포하고 있다는 점에서 가치가 있다. '오이디푸스 콤플렉스'는 명시적인, 또 암묵적으로 나타나는 은유를 담고 있기에 다양한 수준에서 의미를 가진다. 프로이트는 이 용어를 통해 언어로는 표현하기 어려운 개념까지 생생하게 나타내고자 했다. 내가 만난 많은 학생들이 그랬듯, '오이디푸스 콤플렉스'를 단순히 소년이 자신의 아버지라 알고 있는 남성을 죽이고 자신의 어머니라 알고 있는 여성을 얻기 원하는 것이라고 생각하고 있다면, 이는 신화에 담긴 의미를 빼고 극단적으로 단순화 시킨 것이다. 오이디푸스가 라이오스를 죽이고 이오카스테와 결혼하게 되었을 때, 그는 자신이 무슨 일을 하는지 모르고 있었다. 그리고 그가 집을 떠나 방랑을 시작한 이유는 자신의 친부모라고 생각한 사람들을 스스로 해치는 일이 불가능하도록 자신을 그곳에서 떼어놓기 위함이었다. 하지만 번역된 개념은 오이디푸스 컴플렉스를 부친살해 소망과 근친상간 소망을 갖는 것에 대한 아동의 불안과 죄책감으로 이해하게 만들었다.

오이디푸스의 죄책감과 진실에 대한 발견은 소포클레스 희곡의 핵심 이슈이며, 이는 오이디푸스 콤플렉스의 주요 특징들을 반영하고 있다.

프로이트는 우리가 성인이 되면 어린아이일 때 지녔던 부모에 대한 성적인 감정과 동성 부모에 대한 부정적인 감정을 인식하지 못하게 되는데, 이는 감정의 많은 측면들을 깊숙이 억압했기 때문이라고 보았다. 또한, 부모에게 가진 복잡하고도 양가적인 감정을 어른이 된 우리가 인식하지 못한다 해도 계속 그러한 감정들에 의해 무의식적으로 동기를 부여받고 죄책감을 느낄 수 있기 때문에, 이 무의식적인 욕망과 죄책감은 결국 파멸을 초래할 수 있음을 말했다. 그렇기에 오히려 동성 부모에 대한 억압된 적개심과 이성 부모에 대한 성적인 갈망을 의식적으로 인정하게 되면, 우리는 이러한 감정들이 초래할 끔찍한 결과를 스스로 멈출 수 있게 된다는 것이다.

오이디푸스 콤플렉스를 통해 우리는 신화와 소포클레스의 비극이 우리에게 말하고자 하는 것을 마음 속에 새겨두어야 한다. 오이디푸스는 부모에게 거절당했기 때문에 이런 비극적인 행동을 했다. 이를 뒤집어보면, 어떤 아동도 부모 모두가 거절하지 않는 한 오이디푸스처럼 행동하지는 않을 것이라는 의미가 된다. 오이디푸스적 소망과 오이디푸스적 죄책감의 관계에 관한 프로이트의 생각은 우리의 성격을 형성하는 갈등을 이해하는 중요한 단서가 된다. 만약 아버지가 갓난아기인 우리를 실제로 죽이려 했다면, 그를 죽이고 싶다는 소망에 죄책감을 느껴야 할 이유가 있을까? 만약 어머니가 실제로 우리를 버렸다면, 어머니의 사랑을 되찾아 영원히 독점적인 사랑을 소유하고자 하는 소망에 죄책감을 느껴야 할 필요가 있을까? 프로이트는 오이디푸스 컴플렉스를 통해 부모에 대한 사랑, 부모를 보호하고자 하는 의식적인 소망만이 부모를 향한 부정적이고 성적인 감정을 억압할 수 있게 한다는 것을 말하고자 했던 것이다.

코린토스에서 도망친 오이디푸스는 델포이 신전에 새겨진 '너 자신을 알라'는 문구에 전혀 주의를 기울이지 않았다. 그 문구는 자기자신을 모르는 사람이라면 누구나 신탁을 오해할 수 있다는 것을 암묵적으로 경고하는 것이었다. 그러나 오이디푸스는 자신의 가장 깊숙한 내적 감정을 자각하지 못하였기에 예언을 실현하고 말았다. 자신을 제대로 알지 못하였기에, 신탁을 오해하여 자신을 키워준 아버지를 죽이고 자신을 아들로서 사랑해준 어머니와 결혼하리라 믿었던 것이다. 진실을 알게 된 오이디푸스가 스스로 시력을 박탈하는 것은 그가 외부세계에서 눈을 돌려 내면을 보게 된 것을 은유적으로 드러낸다고 할 수 있다. 신탁을 향한 그의 맹목적인 믿음은, 자기자신에 관한 앎의 결여에서 비롯된 것이었다. 어쩌면 오이디푸스는 자신에게 라이오스 살해에 관한 진실을 밝혀준 눈먼 예언자 테이레시아스로부터 영감을 받아 스스로 눈을 멀게 만들었는지도 모른다. 우리는 테이레시아스를 통해 외부세계에서 눈을 돌려 내부로, 대상의 내적 본질로 향하는 자신만의 눈을 지니는 것이 숨겨져있는 참된 지식을 마주하고 이를 이해하는 것이라는 생각을 할 수 있게 된다.

심리분석의 지도원리에 의하면 스스로를 안다는 것은 자신의 무의식을 알고 이를 다룰 수 있다는 것이다. 이렇게 함으로써 무의식의 압력이 자신과 남에게 해로운 방식으로 표출되지 않게끔 할 수 있게 된다. 이를 염두에 둔다면, 신탁을 진정으로 이해하기 위해 필요한 자기이해는 보통 무의식적인 측면까지 확장되는 것이라 볼 수 있다. 프로이트의 오이디 푸스 콤플렉스 개념은 우리가 스스로의 무의식을 자각해야한다는 경고를 포함하고 있다. 우리가 스스로를 발견하게 된다면, 삶에서 길을 잃었을 때, 아버지처럼 보이는 무언가가 길을 막고 섰을때에도 통제되지 않은 분노와 좌절 속에서 주먹을 휘두르지는 않을 것이다. 우리가 무의식을 자각할 수 있다면 오이디푸스처럼 스스로를 파괴하는 방식으로 무의식에게 잠식당하지 않을 수 있을 것이다.

오이디푸스적 행동, 그리고 이 행동으로 이끌어가는 무의식적인 오이디푸스적 소망, 공격성, 불안을 알지 못하면 이것들은 파괴적인 힘을 계속 발휘하게 되는데, 오이디푸스 신화에서 테베에 닥친 역병이 이를 의미한다. 역병은 오이디푸스 신화에서 중요한 부분을 차지한다. 오이디푸스가 역병의 진짜 원인을 알게되고 자신의 죄책감을 씻어 내자 역병이 멈추는 부분은 이 신화의 결정적인 부분이다. 알려지지 않았던 것이 드러나자마자, 즉 아버지를 살해한 사람의 비밀과 어머니와의 근친상간이 밝혀지자마자 영웅은 스스로를 숙청한다. 이 숙청을 통해 오이디푸스적 행동의 치명적인 결과들이 사라지게 된다. 신화는 이를 통해 스스로의 비밀을 직면하지 않고 오랜시간 외면하면 할수록 자신과 타인들에 대한 피해가 더욱 커진다는 것을 경고하고 있으며, 심리분석의 오이디푸스 콤플렉스 개념 역시 이러한 경고를 담고 있다. 프로이트는 자기분석과 환자와의 작업을 통해, 자신의 무의식적인 부친살해와 근친상간에 대한 욕망을 직면할 용기가 있다면, 이런 욕망들로부터 스스로를 정화하고자 하는 의지가 있다면 이러한 감정의 악한 결과가 사라진다는 것을 발견했다. 프로이트는 우리의 무의식적 감정을 자각하여 이것들을 의식의 차원으로 가져와 마음의 일부로 만드는 것이 오이디푸스적인 재앙에 대항하는 가장 좋은 보호책이라는 것을 알게된 것이다.

프로이트가 무의식을 설명하고자 오이디푸스 신화와 소포클레스 희곡을 사용한 이유는 이 이야기가 담고있는 내용이 자신이 무엇을 하는지 알지 못한 채 하는 행동이 완전히 파괴적인 결과를 초래할 수 있음을 경고하기 때문일 것이다. 이와 더불어 프로이트는 스핑크스 이야기에도 더욱 깊은 의미를 부여하고 있다. 프로이트는 스핑크스 이야기를 신화 창조자의 무의식적인 통찰에서 기원한 것으로 보았다. 오이디푸스 이야기는 그가 라이오스를 살해한 것처럼 우리가 무의식적인 압력에 의해 움직일 때와 스핑크스를 만나 그의 수수께끼에 도전하기를 선택할 때처럼 우리가 무의식의 압력으로부터 자유로울 때, 각각의 행동이 가져오는 결과의 극명한 대비를 보여준다. 아버지의 형상이 아닌 스핑크스는 오이디푸스에게서 심리적인 양가감정과 어려움을 일으키지 않았다. 따라서 오이디푸스는 스핑크스를 만났을 때 이성적인 힘을 충분히 보유하고 있었고 쉽게 스핑크스의 수수께끼를 풀 수 있었다. 프로이트는 이를 통해 우리가 무의식적인 압력에 의해 방해받지 않고 이성으로 어두운 힘과 직면할 수 있을 때 이성이 승리할 수 있다는 것을 설명한다. 이성이 우리의 행동을 지배할 때, 파괴적인 힘으로부터 벗어나 스스로를 해치고자 하는 상황에서 우리를 해방시킬 수 있다.

수수께끼를 내어 풀지 못하는 사람들을 잡아먹었던 스핑크스는, 반은 여성이고 반은 괴수였기에 이미 그 존재 자체가 수수께끼였다. 상반신은 풍만한 가슴을 지닌 여성이었고, 성기가 위치한 하반신은 무시무시한 발톱을 지닌 사자였다는 사실은, 스핑크스가 양육하는 선한 어머니를 상징하면서 동시에 파괴적이며 악한 어머니를 상징하기도 한다. 또한 스핑크스는 아동의 공포를 상징하고 있는데, 이는 아동 자신이 어머니를 집어삼킴으로써 어머니가 곧 나의 일부가 되어 나를 떠날 수 없게 되기를 소망하기에(아동은 어머니의 젖을 먹고자 어머니 육체의 일부를 삼키고, 나아가 어머니를 먹어치우려 시도한다) 어머니 역시 자신을 집어삼켜 앙갚음할 것이라는 두려움의 상징이 되는 것이다.

이야기에서 스핑크스는 다양한 수수께끼를 냈다고 전해진다. 그렇기에 오이디푸스에게 주어진 수수께끼는 그를 위한 특별한 질문이었을 것이라 추측할 수 있다. 오이디푸스에게 주어진 수수께끼는 '아침에는 발이 네 개이고, 정오에는 두 개이며, 저녁에는 세 개인 것', '가장 많은 발로 걸을 때 그 속도와 힘이 가장 약한 존재'가 무엇인지 묻는 것이었다. 오이디푸스는 이 문제에 '인간'이라는 답을 내놓았다. 인간은 삶의 '아침'인 유아기에는 네 발로 기어다니고, '정오'인 인생의 전성기에는 두 발로 걸으며, '저녁'인 노년기에는 세 번째 발인 지팡이의 보조를 필요로 하기 때문이다. 그리고 당연하게도 가장 많은 발을 지닌 유아 때 힘과 속도는 약하다. 그러나 토마스 드 퀸시Thomas de Quincey가 지적한대로 이 질문과 대답은 오이디푸스에게 특별한 의미를 가진다. 어느 누구도 태어나자마자 두 발이 꿰어진 채 버려진 유아만큼 약하지는 않을 것이며, 노년에 눈이 멀어버린 오이디푸스만큼 더 많은 도움이 필요하진 않을 것이기 때문이다. 확실히 오이디푸스는 어린 시절 입은 신체적 상처로 인해 걷는 행위에 더욱 신경을 쓸 수 밖에 없었을 것이고, 걷는다는 것이 의미하는 바를 대해 더욱 자주 생각할 수 밖에 없었을 것이다. 네 발로 기어다니는 유아 때부터 그는 다른 이들과는 달리 두 발로 잘 걸을 수 없는 자신의 무능함을 더욱 예민하게 자각하고 있었을 것이다.

스핑크스 이야기가 강조하는 것은 삶이라는 수수께끼에 대한 해답은 인간 전체이면서 동시에 특별한 개인 자신이기도 하다는 것이다. 이처럼 신화는 다시 한 번 우리에게 파괴적인 힘으로부터 스스로를 해방시키기 위해서는 자기 자신을 알아야 한다고 말하고 있다.

프로이트의 사상 체계에서, 오이디푸스적 욕망과 거세불안은 서로 밀접하게 연결되어 있다. 거세불안은 오이디푸스적 분투를 포기하게 만들고 마음을 통제하는 사회규범과 도덕성의 발달을 이끈다.

셰익스피어는 소네트 151에서 '양심이 사랑에서 태어난다는 것을 누가 모르겠는가?'[11]라고 말한 바 있다. 프로이트는 원시 사회에서 상징적인 거세라 할 수 있는 할례가 아들에 의해 대체되거나 정복당할지 모른다는 아버지의 두려움 때문에 시행된다고 믿었다. 프로이트가 이러한 생각을 발표한 이래로 할례에 대한 그의 관점에는 지속적으로 의혹이 제기되어 왔으나[12], 어쨌든 프로이트가 오이디푸스 콤플렉스를 형성하고 해결함에 있어 부모의 양육태도가 중요하다는 사실을 인지하고 있었음은 확실하다. 부모 양육태도의 중요성은 신화에서 명백하게 나타나고 있다.

오이디푸스의 부모가 신탁의 예언을 믿지 않았더라면, 아들을 살해하고자 하지 않았을 것이다. 당시 피티아[13]의 예언은 모호해서 올바르게 해석하기가 어렵다는 것은 누구나 알고 있는 사실이었다. 이 예언을 무비판적으로 받아들인 라이오스와 이오카스테는 신탁에 대한 그들의 해석이 맞다고 확신한 것으로 보인다. 마치 오이디푸스가 신탁이 양부모를 가리키고 있다고 생각한 자신의 생각을 확신한 것처럼 말이다. 오이디푸스에게 확신을 준 것은 유아 때부터 자신을 길러준 사람들에 생겨난 오이디푸스적 감정이었다. 그러나 오이디푸스의 친부모가 자신의 해석을 확신하도록 만든 것 역시 자식에 대한 그들의 감정이었고, 이는 아동과 마찬가지로 부모 역시 오이디푸스 콤플렉스를 구성하는 부분이라는 것

---

11 Yet who knows not conscience is born of love?

12 다른 여러 저서 중에서도 내 책인 Symbolic Wounds를 보시오.

13 델포이 신전의 무녀(역주)

을 보여준다.

신탁에 대한 라이오스의 해석은 자기 마음의 결과물이었다. 이미 그는 아들이 자신의 자리를 대체할까봐 두려워하고 있었기 때문이었다. 처음에는 아내의 사랑이 아들에게 옮겨가고, 나중에는 사회에서의 자신의 역할이 아들로 대체될 것 같았을 것이다. 첫 번째 두려움은 반드시 그렇다고 말할 수 없지만, 두 번째 두려움은 실제로 일어나는 일이다. 보통 아버지가 늙어가고 아들이 성인이 되면, 아들은 사회에서 아버지를 대체하게 된다. 이오카스테 역시 자신이 남편보다 아들을 더 사랑하게 되리라 두려워했음에 틀림없다. 그렇지 않았다면 그녀는 라이오스에게 예언의 의미를 잘못 이해했고, 어떤 아들도 예언대로 하지는 않을 거라며 설득하려 했을 것이다. 만약 그런 두려움이 없었다면 이오카스테는 오이디푸스를 멀리 내다버리는 일에 절대로 동의하지 않았을 것이고, 오히려 아들을 구하고자 노력했을 것이다. 하지만 그녀는 그렇게 하지 않았고, 아들을 죽이는 음모에 일조했기에 이오카스테는 끝내 스스로를 죽이게 된다. 즉, 이오카스테의 자살은 오이디푸스와의 근친상간에 대한 죄책감과는 아무 상관이 없다. 소포클레스는 자신의 극에서 이를 확실히 보여주고 있지만, 내가 만난 많은 학생들은 그녀의 죽음이 죄책감 때문이라고 믿고 있었다.

오이디푸스 이야기는 아동의 오이디푸스적인 소망과 불안이 아동에 대한 부모의 감정과 대응관계에 있다는 심리분석적 발견의 기반이다. 오이디푸스 이야기는 부모가 이성 자녀에게 느끼는 끌림과 동성 자녀에게 느끼는 양가감정(심지어 원한)의 표현이자 자신이 대체될지 모른다는 두려움을 담아낸다. 만약 부모가 이러한 감정에 지배당하도록 스스로를 놔둔다면, 신화와 소포클레스의 희곡 모두에서 이야기하는 비극적 결말이 초래될 것이다.

아직도 프로이트의 많은 중요한 기록들이 미국 의회도서관 기록보관소에 보관되어 있고, 이는 2000년까지 열람할 수 없다. 우리는 프로이트의 삶과 업적, 사상에 대해서 여전히 배워야할 것이 많다. 사실 기록보관소가 열린다고 해도 우리가 오이디푸스 콤플렉스라는 개념 형성에 영향을 미친 프로이트의 의식적, 무의식적인 생각을 확실히 이해할 수 있을지 의심스럽다. 오이디푸스 콤플렉스라는 개념을 온전히 이해하는 것은 너무나 어렵고 도달하는 데에도 오랜 시간이 걸린다. 이는 프로이트가 소포클레스의 〈오이디푸스 왕〉을 처음으로 언급한 시점과, 실제 출판물에 오이디푸스 콤플렉스라는 명칭을 공식적으로 사용하기 시작한 시점 사이에 10년 이상의 세월이 있다는 것으로 알 수 있다. 프로이트는 자신의 친구인 빌헬름 플리스에게 보내는 편지에서 자기분석에 대해 이야기하며 오이디푸스를 부모에 대한 아동의 무의식적인 감정이라 말하기도 했다.

1900년대 초반, 프로이트는 희곡 〈오이디푸스 왕〉과 심리분석 사이의 유사성에 대해 다음과 같이 말했다. "연극은 오이디푸스 자신이 라이오스를 살해하였을 뿐만 아니라, 살해당한 사람과 이오카스테의 아들이라는 사실을 차근차근 밝혀나가기 위해 구성되어 있다. 이 과정은 심리분석과 비견될 정도로 정교하게 짜여져 있다." 프로이트가 그랬던 것처럼 소포클레스의 〈오이디푸스 왕〉을 고찰해보면, 우리는 이 극 전체가 본질적으로 숨겨진 진실을 찾아내려는 오이디푸스의 고군분투라는 것을 알게 된다. 오이디푸스는 자신이 발견하게 될지도 모르는 것을 몹시 두려워했다. 이 두려움은 자기자신의 진실을 인식하지 못하도록 막는 막강한 내적 저항이며, 극복해야하는 것이다. 이 비극에 친숙한 사람이라면 누구나 소포클레스가 극에서 오이디푸스적 행동을 제시하지 않았다는 사실에 깊은 인상을 받을 것이다. 심지어 오이디푸스적 소망은 이오카스테의 발언에서 짧게만 언급된다. "어머니와 결혼하고 싶은 욕구 때문에 두려워할 필요는 없어. 많은 사람들이 그렇게 꿈꿔왔으니까." 어떻게 보면 소포클레스는 아버지 없이 살고자 하는 소망과 어머니와 결혼하고자 하는 소망은 운명과도 같은 것임을 암시하고 있는 듯하다.

연극에서의 말하는 핵심은 우리가 운명의 희생자가 되는 것이 아니라, 우리 스스로의 진실을 찾기 위해 분투해야 한다는 것이다. 진실을 마주하고 싶지 않았던 이오카스테는 진실이 드러났을 때 이를 마주하지 못하고 스러진다. 그러나 진실을 마주한 오이디푸스는 이로 인해 자신이 처할 거대한 위험을 희미하게나마 알았지만, 그럼에도 불구하고 살아남는다. 오이디푸스는 아주 많은 고통을 받지만, 끝에 이르러서는 콜로누스에서 평화를 찾을 뿐만 아니라 신으로부터 부름을 받고 변모한다.

오이디푸스와 오이디푸스적 상황, 그리고 오이디푸스 콤플렉스에서 가장 중요한 것은 유아 시절 우리의 욕망에서 비롯된 깊은 갈등 속에 투영된 비극적인 운명뿐만 아니라, 이러한 욕구가 고군분투를 통해 갈등을 해소하고 자기발견에 도달할 수 있도록 만든다는 것이다. 이것이 프로이트가 항상 주장한대로, 오이디푸스 콤플렉스가 심리분석의 핵심인 이유이다.

VI

오이디푸스 콤플렉스라는 명칭이 유래된 신화와 극에 대한 이해 없이 이 개념을 이해하려는 것은 심리분석의 더 깊은 의미를 얻고자 노력하지 않고 표면적으로만 심리분석을 받아들이는 것과 같다. 프로이트는 미국에서 이런 일이 일어날 것이라 예상했다. 반면, 프로이트의 번역자들은 심리분석이 영국과 미국에서 많은 인기를 얻을 것이라 예상했다. 하지만 미국의 독자들은 오이디푸스 이야기와 고전에 대해 친숙하지 않았다. 만약 번역자들이 프로이트가 고전 문학을 통해 암시하고자 한 바를 충실하게 설명하려 했다면 도움이 되었을지도 모른다. 번역자의 입장에서는 언어 차이가 허용하는 범위 내에서 저자가 쓴 것을 되도록 가깝게 번역하는 일이 중요하다고 말할 수 있다. 그러나 프로이트같이 단어의 의미를 세심하게 고려하여 사용하는 저자의 글을 번역한다면, 말의 표면적 의미뿐만 아니라 내포된 의미를 살리는 것에도 매우 민감해야할 필요가 있다. 번역자는 문장을 구성하는 단어뿐만 아니라 단어가 말하고자 하는 의미까지 살려야 하는 의무가 있다. 번역자는 지적인 반응만큼이나 정서적 반응까지도 이끌어내기 위해 독자의 잠재의식에게도 말을 건네는 저자의 노력에 민감해져야 한다. 번역자는 숨겨진 의미를 전달하려는 저자의 노력까지도 번역해야만 한다.

프로이트의 영역본 번역자들이 그의 저서를 번역 원칙에 따라 독자에게 최대한 정확하게 제시하려 했다는 것을 의심하지는 않는다. 번역자들은 이 작업을 통해 독자들이 프로이트를 이해하기를 원했을 것이다. 그럼에도 만약 프로이트가 독일어 원본에서보다 영역본에서 더욱 난해하거나 독단적으로 보인다면, 프로이트가 독자에게 초점을 맞추지 않고 그저 추상적인 개념만 늘어놓는 것처럼 보인다면, 진솔한 이야기가 아닌 일반론을 풀어놓는 것처럼 보인다면, 이는 번역자들의 짓궂음이나 부주의함 때문이 아니라 프로이트를 의학적 관점에서, 학문적으로 봐주길 바라는 바람에서 비롯된 결과일 것이다. 그리고 번역자 자신도 프로이트가 전달하고자 노력했던 정서적인 영향으로부터 무의식적으로 거리를 두고자 했을 가능성도 있다.

영역본은 프로이트가 과학과 의학에 더 많은 비중을 두었던 초기 사상을 고수한다. 그러다보니 문화와 인간 문제 전반, 영혼과 관련된 일을 상상하고 누구보다 관심을 기울였던, 인본주의적 지향을 가진 더 성숙한 프로이트는 가려진다. 그러나 정작 프로이트는 심리분석의 문화적이고 인간적인 의미가 의학적인 의미보다 더 중요하다고 말했다.

〈새로운 심리분석 강의New Introductory Lectures on Psychoanalysis, 1933〉의 34번째 강의에서, 프로이트는 심리분석의 주요한 업적을 설명한다. 그는 심리분석의 치료적 성공에 대해 말하고 있지만, 동시에 한계를 감추지 않는다. 사실 프로이트는 자신이 치료로서의 심리분석에 정말로 열광적이었던 적은 한 번도 없었다고 공언하였다. 심리분석은 의심의 여지 없이 가장 가치있는 치료법으로 인정받았지만 여전히 가장 어렵고, 가장 많은 노력을 필요로 하고, 가장 오랜 시간이 걸리는 치료법이다. 그는 우리가 심리분석에 관심을 가져야 하는 이유를 "치료로서가 아니라 인간이 가장 열정적으로 관심을 갖는 우리 자신의 핵심을 우리 스스로 드러낼 수 있기 때문이다. 심리분석은 가장 다양한 인간 행동들 사이에서의 연관성을 찾아낼 수 있다."라고 말했다. 프로이트가 가장 원했던 것은 심리분석적 지식을 널리 퍼트려 통찰을 얻도록 하고, 아동의 양육을 개혁하는 것이었다. 프로이트는 이를 '분석 활동 중 가장 중요한 것'으로 생각했다. 단순히 몇 사람이 개인적으로 심리분석을 받는 것보다 양육 방식을 변화시는 것이 불필요한 억압과 비현실적인 불안, 파괴적인 증오로부터 가장 많은 사람들을 해방시킬 수 있는 방법이었기 때문이다. 심리분석은 우리가 고통받는 내적 갈등을 감소시켜 우리가 더 이성적으로 행동하도록, 즉 우리가 더 인간이 되도록 도울 수 있다. 프로이트는 〈비전문가의 분석에 대한 질의The Question of Lay Analysis, 1926〉의 후기에서 심리분석은 의학의 전문분야가 아니라고 밝히고 있다. "나는 사람들이 이를 인정하지 않는 이유를 모르겠다. 심리분석은 심리학의 일부이다. 그러나 이는 전통적인 의미에서의 의학심리학이 아니며 병리적 과정에서의 심리학도 아니다. 이는 엄밀한 의미에서의 심리학이며, 심리학의 전부가 아니라 토대이자 기초라고 할 수 있다." 프로이트는 심리분석을 의학적인 목적에 적용하여 잘못된 길로 이끌어서는 안된다고 계속 강조한다. 그는 심리분석을 전기electricity와 비교하고 있다. 전기는 엑스레이처럼 의학적으로 사용되지만, 그렇다고 해서 의학의 일부는 아니다. 심리분석도 이와 같다는 것이다.

프로이트의 명확한 주장에도 불구하고, 미국에서 심리분석은 의사만이 할 수 있는 독점적인 의료행위로 인식되었으며, 심리분석이 가진 깊은 의미는 뒤로 밀려났다. 심리분석은 위대한 인간성의 발견이자, 이를 성취하는 방법이었다. 하지만 미국의 분석가들은 너무나 확고하게 심리분석이 의사들에게만 허용되어야 한다고 주장했으며, 1926년 뉴욕 주의회는 의사에 의해 시행되지 않는 분석은 어떤 분석이라도 불법이라는 법안을 통과시켰다. 미국 분석가들은 이에 만족하지 않고 국제심리분석협회 안에서 싸움을 지속했으며, 자신들의 견해가 받아들여지지 않으면 협회에서 탈퇴하겠다고 위협하였다. 이러한 이슈에 대한 투쟁은 국제심리분석협회 내부의 심각한 불화를 초래하였고, 이는 1926년부터 1932년까지 지속되었다. 이후 이 문제를 다룰 위원회가 협회에 설치되었고 어니스트 존스Ernest Jones가 위원장을 맡았다. 존스가 이끌어낸 타협안은 국제협회를 구성하는 각 나라들이 자체적으로 회원이 되기 위해 필요한 자격을 결정하도록 하는 것이었다. 결과적으로, 프로이트의 확고한 신념에 매우 크게 위배됨에도, 미국에서는 의사들만이 분석가가 될 수 있도록 결정되었다.

당시에는 이 문제를 누구도 대수롭게 여기지 않았지만, 이 결정의 영향은 널리 퍼졌다. 프로이트가 미국 분석가들의 이런 결정을 마지못해 묵인했을 때에는 심리분석의 중심이 아직 유럽에 있었고, 프로이트를 중심으로 하는 비엔나 학파의 영향이 뚜렷했다. 심리분석협회의 방향을 결정하는 '위원회'의 일곱 위원들인 프로이트와 오토 랑크Otto Rank는 비엔나에, 칼 아브라함Karl Abraham과 막스 아이팅곤Max Eitingon, 한스 작스Hans Sachs는 베를린에, 샨도르 페렌치Sándor Ferenczi는 부다페스트에, 어니스트 존스는 런던에 살고 있었다. 위원회의 모든 구성원이 유럽에 살고 있었다는 것이다. 그렇다보니 어느 누구도 당시 규모가 크지 않았던 미국 분석가 집단이 심리분석 발전 전반에 영향을 미칠 수 있으리라고는 상상하지 못했다. 모든 이론적이고 실천적인 발전은 유럽에 뿌리를 두고 있었으며, 그 뿌리가 바로 프로이트와 그의 딸인 안나Anna Freud, 그리고 위원회였기 때문이었다. 그러나 히틀러의 출현으로 모든 것이 갑자기 변해버렸다. 유럽 대륙에서 심리분석이 사라져버린 것이다. 그 결과, 전쟁이 끝난 후 미국 심리분석가들은 가장 크고 가장 영향력 있는 집단이 되어 심리분석계

당신이 잃어버린 프로이트

를 지배하게 되었다. 만약 프로이트가 이런 상황을 예견했더라면, 미국 내에서 심리분석이 의학의 전문분야가 되는 것에 동의했을지 궁금하다. 그는 심리분석의 분열 위험을 강하게 느낄 때마다 이를 막기 위해 노력했기 때문이다.

심리분석이 의학 체계 안에서만 존재해서는 안 된다는 프로이트의 확신은 1928년, 그의 친구인 오스카 피스터Oskar Pfister에게 보낸 편지에서 발견할 수 있다. 그는 이 편지에 심리분석적으로 훈련받은 비전문가들도 환자들 치료할 수 있도록 허용해야한다고 주장했던 〈비전문가의 분석에 대한 질의The Question of Lay Analysis, 1926〉과 종교 사상의 특성을 다룬 〈환상의 미래The Future of an Illusion, 1927〉라는 두 책을 언급하며 이렇게 썼다. "저는 당신이 '비전문가의 분석'과 '환상'사이에 숨겨진 연결고리를 찾아냈는지 궁금합니다. 전자는 의사들로부터, 후자는 성직자들로부터 심리분석을 보호하고자 쓴 책입니다. 저는 아직 존재하지 않는 전문가에게 심리분석을 맡기고 싶습니다. 이 전문가들은 세속의 영혼 사목자ministers of soul입니다. 반드시 의사일 필요도 없고, 반드시 사제는 아니어야 합니다."[14]

결과적으로 심리분석은 의학 분야나 종교 교리가 되지 않았다. 심리분석가들은 자신들을 정신과 의사라고 생각하거나 기능하지도 않았으며,

---

14 내가 ministers of soul로 번역한 것은 원본에서는 Seeleorger이며 일반적으로 사제와 사목자에게 적용되는 용어이다. 프로이트는 이 용어를 더 넓은 의미로 사용했으며, "영혼"이라는 뜻의 Seele와 "사목자가 필요한 사람"이라는 뜻의 Sorger를 결합한 것이다.

진실을 밝혀내는 신비주의자도 아니었다. (덧붙이자면, 1927년에 출간된 미국판에서는 〈비전문가의 분석에 대한 질의The Question of Lay Analysis〉라는 원래의 제목이 〈비전문가의 분석에 대한 문제The Problem of Lay Analyses〉로 잘못 번역되었다. 1947년에 올바른 제목으로 수정하여 재출간되었지만, 잘못된 제목으로 인한 악영향은 그대로였다.)

프로이트 삶에서 마지막 몇 달간은 심리분석의 존재가 유럽 대륙에서 거의 사라져 있었다. 이 때를 틈타 프로이트가 마음을 바꿔서 심리분석은 의사만 해야한다고 말했다는 소문이 널리 퍼졌다. 프로이트는 이에 대한 답을 영어로 이렇게 썼다. "나는 비전문가 문제에 대한 내 견해가 바뀌었다는 어리석은 소문이 어디서부터 어떻게 발생했는지 도저히 모르겠습니다. 내 주장은 달라지지 않았습니다. 나는 한 번도 내 견해를 부인해본 적이 없으며, 심리분석을 정신의학의 시녀쯤으로 바꾸려는 미국의 명백한 시도에 맞서 그전보다 훨씬 더 강하게 제 견해를 주장하고 있습니다."

프로이트는 새로운 것의 출현을 촉진하며 안전하게 변화의 과정을 인도하는 사람인 분석가를 묘사하기 위해 산파라는 비유를 자주 썼다. 산파는 아이를 만든다거나, 태어나는 아이가 어떤 아이가 될지는 결정할 수 없다. 오직 어머니가 아이를 안전하게 낳을 수 있도록 돕는 기능만 한다. 마찬가지로, 심리분석가도 새로운 인격을 가져오거나 그가 해야 할 일을 결정하지는 못한다. 자신을 분석할 수 있는 것은 자신뿐이며, 이를 통해 인간은 스스로를 바꿔나갈 수 있는 것이다. 프로이트의 영향으로, 다른 이들도 심리분석 작업을 설명하기 위해 산파라는 이미지를 사용해 왔다. 시인 힐다 둘리틀Hilda Doolittle은 프로이트와 진행한 자신의 분석 경험을 말하며 "프로이트는 영혼의 산파이다"라고 말하기도 했다.

VII

프로이트가 활동하던 시기, 비엔나에서 심리학은 자연과학이 아니라 철학이라는 나무의 가지였다. 심리학은 사색적이고 서술적이었으며, 무엇보다 내용에 있어 본질적으로 인본주의적이었다. 제2차 세계대전까지도 비엔나에서의 심리학은 이런 체계로부터 벗어나지 않았다. 그러나 이후 심리학자들이 자연과학자들의 방법론과 사고방식을 모방하기 시작하면서 천천히 변화가 일어났다.

심리학에 대한 프로이트의 견해는 〈비전문가의 분석에 대한 질의〉에서의 언급을 통해 살펴볼 수 있다. "심리학에서 우리는 오직 비유를 통해서만 설명할 수 있다. 이는 특별한 것이 아니며, 다른 분야도 마찬가지이다. 하지만 그 비유 중 영원히 우리에게 적용시킬 수 있는 것은 없기 때문에, 우리는 이 비유들을 반복해서 바꿀 수 밖에 없다." 프로이트가 심리분석의 본질에 대해 설명할 때 자주 은유를 사용했던 것에는 몇 가지 이유가 있다. 하나는 심리분석은 객관적이고 엄연한 사실과 맞닥뜨릴 지라도 자연과학과 같은 방식으로 이를 다루지 않으며, 숨겨진 원인은 오직 창의적인 해석과 설명으로만 추론할 수 있기 때문이다. 프로이트가 사용하는 은유는 심리분석에서 과정에서 만나는 엄연한 사실과 이를 설명하는 창의적인 방식 사이에 다리를 놓는다. 두 번째 이유는 심리분석의 본질과 훨씬 더 밀접하게 연관되어 있다. 억압으로 인해, 혹은 검열의 영향으로 인해 무의식은 상징이나 은유로 자신을 드러내게 되는데, 때문에 심리분석은 무의식과 관련된 은유적 언어를 사용하는 것이다. 마지막으로, 은유는 지적인 진술보다 훨씬 더 인간의 심금을 울리며 우리의 정서를 불러일으키고, 따라서 의미에 대한 감정을 느끼게 한다. 진정으로 심리분석을 이해하기 위해서는 지적인 깨달음 뿐만 아니라 동시에 정서적인 반응도 필요하다. 둘 중 하나만으로는 제대로 이해할 수 없다. 잘 선택한 은유는 양쪽 모두를 가능하게 한다.

프로이트는 예술가는 자신들의 고된 작업을 통해 찾아야 하는 것이 무엇인지를 알고 있다고 생각했다. 그의 관점에서 예술 작품은 무의식을 은유로 표현하는 것이기 때문이다. 프로이트는 심리분석에 대한 자신의 저서 곳곳에 예술 작품과 문학 작품을 논함으로써 우리의 직관에 호소하고, 우리의 무의식적, 의식적인 이해 모두를 끌어내고자 했다. 프로이트는 괴테, 셰익스피어William Shakespeare를 비롯한 다른 시인들과 도스토예

프스키Fyodor Dostoevsky, 니체Friedrich Nietzsche, 아르투어 슈니츨러Arthur Schnitzler와 같은 작가들을 자주 인용했는데, 이들이 무의식에 대해 알아야 할 것들을 모두 알고 있다고 생각했기 때문이다. 프로이트는 자신이 예술 작품을 인용함으로써 이러한 지식을 체계화하여 무의식을 직관적이고 명시적으로 이해하는 방식을 만들었다고 주장했다. 실제로 프로이트는 자연과학자들은 거의 인용하지 않았고, 의사들은 언급조차 하지 않았다. 여기서 예외가 있다면, 심리분석가이자 의사이기도 한 자신의 추종자들이었는데, 그들은 프로이트가 직접 심리분석을 가르쳤던 이들이었기에 가능했다.

프로이트는 일화와 농담을 즐겼으며, 특히 무의식적 의미가 풍부한 유대인 농담을 아주 좋아했다. 농담도 은유와 같이 의미를 직접 알려주기보다는 암시하며, 듣는 사람이 어렵지 않게 그 농담의 근원을 추측할 수 있다. 프로이트는 자신의 저서에서 인간의 무의식에 대해 깊은 통찰을 얻을 수 있도록 매우 영리하고, 간결하며, 재미있는 농담들을 보여주고자 했다. 또한 그는 어떤 글에서나 이러한 목적을 위해 농담을 사용했다. (프로이트 시대에 비엔나의 지식인들에게 아주 인기 있었던 대부분의 농담은 그들의 영리함을 드러내는 동시에 우월성을 주장하는 방식이었다. 당시 비엔나의 반유대주의 정서가 비엔나의 유대인에게 불편한 감정을 불러 일으켰는데, 유대인 농담은 이런 감정의 환기구로 작동했다. 이 농담은 실제 비엔나 유대인들의 감정의 은유였던 것이다.) 우리가 프로이트를 이해하고자 한다면 그가 사용하는 은유에 깊은 관심을 기울여야 한다. 또한 우리가 그의 은유를 사실적인 진술로써 받아들이지 않는 것이 매우 중요하다.

프로이트가 사용한 모든 은유들 가운데 정신질환에 대한 은유보다 더 광범위한 영향을 미친 은유는 없을 것이다. 그리고 여기에서 비롯된 정신질환 치료법으로서 심리분석의 은유도 그렇다. 프로이트는 질환과 치료의 이미지를 불러일으켜 특정 장애들이 어떻게 프시케에 영향을 미치는지, 무엇이 장애를 유발하는지, 그리고 어떻게 이를 다룰 수 있을지 이해할 수 있도록 했다. 만약 은유를 은유로 인식하지 않고 객관적인 사실로 받아들인다면, 우리는 무의식과 그 작용에 대한 실질적인 이해를 놓치고 말 것이다. 예를 들어, 신체는 은유적으로 영혼을 상징하는데 만약 미국에서 그래왔던 것처럼 은유를 문자 그대로 해석하게 된다면, 우리의 프시케 혹은 영혼(프로이트는 두 용어를 같은 의미로 사용했다)은 만질 수 있는 무언가처럼 여겨진다. 따라서 영혼은 신체 기관처럼 물리적 존재와 유사한 무언가가 되며, 그로 인해 치료 역시 의학의 한 부분이 되고 만다.

미국에서는 신체질환의 치료가 의학의 주된 과업인 것처럼 당연하게도 정신질환의 치료는 심리분석가의 주요 과업으로 여겨져왔다. 따라서 심리분석을 실시하는 사람은 의사들이 수술을 통해 눈에 보이는 결과를 만들어내는 것처럼 심리분석을 통해 자신에 대한 깊은 이해와 스스로의 삶에 대한 조절 능력을 얻기보다 눈에 보이는 변화를 기대했다.

1949년, 미국의 저명한 심리학자 중 한 사람은 미국심리학회 학술대회에서 프로이트 이론 중 적응기제가 미국에서 가장 광범위하게 받아들여졌다고 선언하였다. 이런 식의 놀라운 선언은 미국식 심리분석의 본질을 드러내는데, 정작 프로이트는 적응에는 별로 관심이 없었고 가치있다고도 생각하지 않았다. 이 미국 심리학자가 말해야 했던 것은 적응이라는 개념이 미국 심리분석가들의 가치체계에서 가장 중요하기 때문에 프로이트 체계에 주입되었다는 사실과, 이런 식의 변형이 미국에서 심리분석이 널리 받아들여진 이유라는 설명이었다. 만약 미국 심리분석가들이 영혼에 대한 프로이트의 관심과 사회의 요구에 무조건 적응하는 태도를 반대하는 프로이트의 생각을 공유했더라면 미국 내에서 심리분석의 역사는 완전히 달라졌을 것이다. 심리분석이 의학의 좁은 한계를 뛰어넘는 사상으로 받아들여졌을 것이기 때문이다. 물론 그런 일이 벌어졌다면 심리분석은 미국에서 성공하지 못했을 것이지만 말이다.

프로이트가 살았던, 또 그의 작업에 스며들어있는 독일 문화에는 지식에 대한 두 가지 접근 방법이 있다. 각각의 접근 방법은 분명히 구분되어 있고, 중요했으며, 지금도 그렇다. 양쪽 분야 모두 과학Wissenschaften이라고 부르며, 비록 두 접근 방법 사이에서 공통점을 찾는 것은 어렵지만, 각각 자신의 영역에서는 타당성을 가진다. 이 두 가지는 자연과학

당신이 잃어버린 프로이트

Naturwissenschaften과 영혼과학Geistewissenschaften[15]이다. Geisteswissenschaften
이라는 용어는 영어로 정확히 번역하기가 거의 불가능하다. 문자 그대로
보면 '영혼에 대한 과학'인데, 이는 독일 사상가들의 철학에 깊은 뿌리를
두고 있다. 각 분야는 세계를 이해하는 데에 있어 완전히 다른 접근 방식
을 대표한다. 르낭Joseph Ernest Renan은 이를 프랑스어로 번역하면서, '모든
지식은 인문과학la science de l'humanité과 자연과학la science de la nature으로 구분된
다'고 제안하였다. 이러한 구분은 해석-영적인 지식과 실증-실용적인 지
식의 대조를 보여준다. 많은 독일어권에서, 프로이트가 태어나기 전부터
그가 살아가는 동안의 비엔나에서, 심리학은 분명 전자에 속했다. 그러
나 영어권에서 심리학은 자연과학에 속하게 되었다.

영향력 있는 독일 철학자이자 프로이트와 동시대 인물이었던 빌헬름
빈델반트Wilhelm Windelband는 지식에 관한 두 가지 접근 방법의 근본적인 차
이점을 부각시키고자 노력했다. 그는 수학을 기반으로 하여 보편적 법칙
을 찾아내는 자연과학을 법칙과학으로 명명했다. 반면 연구대상을 보편
적 법칙의 예가 아니라 특별한 하나의 사건으로 이해하고자 하는 영혼과
학을 개별과학이라고 불렀다. 영혼과학의 방법론은 인간의 역사와 개인
의 생각, 가치에 관심을 두기에 역사학의 방법론이라고도 할 수 있다. 법

---

15 저자는 의도적으로 Geisteswissenschaften라는 독일어 그대로 사용하고 있다. 이 용어는 일반적으로
'인문과학'으로 번역되지만, 이 책에서는 저자가 말하는 의미의 차이를 강조하기 위해 '영혼과학'이라는
번역어를 사용한다. (역주)

칙과학은 실험을 똑같이 반복하여 이를 통한 증명이 요구되며, 발견은 수학적이고 통계적인 분석이 가능해야 한다. 여기서 가장 중요한 것은, 정확한 예측이 가능해야 한다는 점이다. 그러나 개별과학은 같은 방식으로는 절대로 발생하지 않는 사건을 다루며, 그렇기에 똑같이 반복하거나 예측할 수 없다.

심리분석은 개인의 과거사에서 발생한 사건을 찾아내고, 그 사건이 개인에게 미친 영향에 대해 관심을 갖는다. 그러나 같은 사건이라고 해도 그 사건이 미치는 영향이 모든 사람에게 같을 수 없다. 프로이트는 심리분석을 자주 고고학과 비교했다. 심리분석 작업은 깊이 묻혀 있는 과거의 잔재들을 발굴해내는 일이고, 그 유물을 다른 조각들과 통합해낸다. 이 작업을 통해 모든 조각들이 합쳐지면, 개인적인 프시케의 본질과 기원에 대해 추측해볼 수 있게 된다.

프로이트의 천직vocation이 심리분석이라면 취미avocation는 고고학이었다. 그는 고고학과 역사학 서적을 자연과학 서적에 비해 광범위하게 읽었다. 앞서 말했듯 프로이트는 재정적으로 풍족하지 않을 때도 고대 그리스, 로마, 이집트의 골동품들을 열심히 모았다. 그가 집필 작업을 했던 치료실과 책상에는 이런 골동품들이 가득했다. 아마 치료 도중 가끔씩 프로이트는 환자가 무의식에 대한 특별한 생각을 더 잘 할 수 있도록 골동품 중 하나를 건네주었을 것이다. 이 골동품들은 프로이트에게 있어 너무나 중요했기에, 그는 자신의 수집품들을 가지고 떠날 수 있다는 것을 확인하기 전까지는 생명이 위태로울 수 있음에도 나치가 점령한 비엔나를 떠나지 않으려 했다.

프로이트는 선사 시대prehistory에도 깊은 관심을 가졌다. 프로이트는 우리 시대를 구성한 고대 이집트, 그리스, 로마 역사에 관심이 많았으며, 이와 비슷하게 각 개인의 역사의 시작을 아동기 무의식이라고 생각했다. 또한 원시인의 풍습을 통해 인류의 기원을 찾고자 했으며, 토템과 금기, 일신교 창시와 모세의 역할에서 문화의 기원을 찾고자 했다. 이를 통해 프로이트의 관심은 다양한 영역에 녹아있는 인간성의 근원을 찾고자 했다는 것을 알 수 있다.

심리분석은 인간의 발달과 행동에 대한 관점을 제공하기 위해 독특한 역사적 사건들을 활용한다. 그렇기에 명백한 개별과학이다. 프로이트의 작업은 자신의 독특한 꿈을 분석하거나, 환자의 과거사를 탐색하거나, 예술 작품의 본질은 무엇으로 구성되며 예술가의 성격과 삶에서 어떤 연관성이 있는지 논의하거나, 종교나 의식의 기원을 분석하거나, 군중심리 혹은 사회나 일신교의 기반을 분석하는 등, 영혼과학의 틀 안에서 이루어지며 개별과학에 적합한 방법들을 적용한다.

그러나 영어권 독자는 '과학'이라는 단어에서 자연과학을 떠올리고, '심리학'이라는 단어에서 정밀과학을 생각하기 쉽다. 자연과학과 정밀과학은 똑같이 반복할 수 있고 통계적으로 연구할 수 있는 통제된 실험에 기반한 과학이다. 만약 번역자가 프로이트가 의사였기 때문에 심리분석이 의학 영역에 속해있을 것이라는 확신을 가지고, 그가 말한 과학을 자연과학으로 이해했다면 프로이트의 저작 역시 자연과학의 일부로 이해하고 번역하는 것은 합리적인 일이었을 것이다.

프로이트의 번역자는 이런 생각을 바탕으로 정확한 용어를 사용하여 심리분석을 분명하게 기술하고자 노력한 것으로 보인다. 비록 선택한 표현들이 무의식을 중점적으로 다룬 논문들에서는 맞지 않았지만 말이다. 번역 과정에서 원어에 해당하는 영어 단어가 없어 새로운 단어를 만들어야 하는 경우, 번역자는 자기 나름의 의미를 담아 용어를 만들고자 했을 것이다. 그리고 이렇게 만든 단어가 분명한 정의를 담은 말이어야 한다고 생각했을 것이다. 앞서 설명한 것에 따르면, 번역자는 프로이트가 정확성을 강조하는 사람이라고 생각했을 수 있기 때문이다. 이런 과정을 통해 진행된 번역은 프로이트 체계가 자연과학 중 하나라는 인상을 가지게 만들었다.

영어권 글쓰기는 독일권 글쓰기와 다르게 명확한 정의를 요구하기 때문에 이런 방식의 번역이 많다. 독일어에서는 문제 없이 사용되는 표현도 영어에서는 혼란스럽다는 이유로 받아들여지지 않는 경우가 많다. 영어권 작가들은 특히 과학적 글쓰기에서 모호함을 피하고자 하는데, 독일어 글쓰기는 이런 모호함으로 가득 차 있다. 무의식과의 관련성으로 인해 모호함과 모순으로 가득한 심리분석적 글쓰기는 독일어권에서는 있는 그대로 수용되지만, 영미식 사고를 바탕으로 한 글쓰기는 이러한 모호함을 피하도록 권장한다. 프로이트가 심리분석 이론에서 다루는 많은 주제들은 해석적-영적인, 실증적-실용적인 접근 방법 모두를 함께 다루고 있다. 하지만 영어권의 번역자들은 거의 언제나 후자를 집중적으로 다룬다. 영미철학 전통에 실증주의가 미친 영향 때문이다.

프로이트를 자연과학자로 보고싶어 하거나, 심리분석을 의학 분야로 보고자 하는 사람들이 프로이트가 한 말 중에서 자신의 견해를 지지해줄 만한 것을 찾을 수 없는 것은 아니다. 프로이트가 평생 심리분석가였던 것은 아니었고, 오히려 40대에 심리분석을 시작했다. 그 전에는 생리학과 의학을 다루는 사람이었다. 비엔나대학에서 생리학을 공부하는 동안, 프로이트는 자신의 스승들로부터 과학적 엄밀함이 중요하다는 것을 배웠다. 그는 그들의 방법론과 가치관을 자신의 것으로 삼았고, 신경과 전문의로 개업하기로 결심한 후에도 잠시동안이나마 계속 그 방법론과 가치관을 유지했다. 그의 관점 변화는 서서히 일어났다.

프로이트는 한 때 꽤 성공했던 생리학 연구에 일생을 바치고자 했던 자신의 욕망에 대해 자세히 말했던 적도 있다. 그는 자신이 생리학 연구를 포기한 이유가 경제적 문제 때문이었다고 말했다. 그러나 프로이트의 특성이나 인생사를 살펴보면 경제적 이유는 그가 연구를 포기한 충분한 이유가 되지 못한다는 것을 알 수 있다. 경제적인 보상 때문에 어떤 일을 한다는 주장은 흔히 편리한 합리화로 사용된다. 또 프로이트는 자신이 코카인의 의학적 사용방법을 발견한 사람으로 인정받지 못하게 된 사건에 대해 기록한 적이 있다. 그는 연구 과정의 결정적인 순간에, 다른 때에는 오히려 약혼자를 찾아가지 않아도 꽤 잘 지냈음에도, 비엔나를 떠나 약혼자를 찾아감으로써 위대한 발견의 기회를 스스로 박탈시켰다. 이런 프로이트의 행동은 자신의 연구 경력을 포기하고자 하는 그의 무의식적 소망이 드러났던 것이라 볼 수 있다.

프로이트는 매우 복잡한 인간이었고, 이런 자신의 내적 갈등이 자기분석을 촉발시켜 그 과정을 통해 심리분석을 발견하게 되었다. 프로이트는 자기분석을 통해 놀라운 변화를 경험했다. 프로이트는 지속적인 자기분석을 통해 지속적으로 자신의 사상을 발전시켰으며, 그 결과 시기에 따라 심리분석에 관한 관점이 조금씩 달라졌다. 자연과학과 그 방법론에 대한 그의 깊은 생각, 그가 시기마다 옳다고 생각하여 주장했던 그 생각은 그의 인간적인 면과 현상을 이해하는 방식에 관한 프로이트만의 원칙이 무엇이었는지를 고민하는 이들이 생각해 봐야할 부분이다.

프로이트가 빌헬름 플리스Wilhelm Fliess와 맺은 돈독한 우정이 자기분석에 의미있는 역할을 했다는 것은 잘 알려져 있다. 이비인후과 전문의였던 플리스는 프로이트처럼 섹슈얼리티가 인간의 삶에서 가지는 중요성에 대해 깊은 관심을 가지고 있었다. 플리스는 주기성periodicity이 탄생과 질병, 죽음을 포함한 모든 생물학적 과정을 결정한다고 확신했다. 이를 증명하기 위해 그는 가장 관념적인 분야인 수학을 생물학 연구에 적용하였으며, 수학적 고찰을 모든 생리학적 과정 이해의 기본으로 삼았다. 프로이트는 플리스의 주장에 완전히 동의하지 않았다. 프로이트가 자기분석을 하는 동안 정밀과학으로부터 점점 더 멀어지게 되었기 때문이다. 플리스에게 보내는 한 편지에서 프로이트는 "생물학적 과정에 관심을 두는 사람과, 영혼의 과정에 관심을 두는 두 사람이 있다면, 이들이 자주 이야기를 나누는 것은 좋은 일" 이라고 말했다. 프로이트는 이처럼 영혼을 연구하는 자신의 작업과 플리스의 자연과학적 작업을 구분했다.

프로이트는 자기분석을 진행하며 점점 자연과학, 그리고 플리스와 거리를 두게 되었고, 끝에 이르러서는 플리스와 완전히 결별했다. 프로이트가 깊이 신뢰했고 가장 친밀했던 친구로서의 플리스를 대신할 수 있는 이는 아무도 없었으나, 플리스와의 결별 이후 그는 곧 융C. G. Jung과 정기적이고 빈번한 서신 왕래를 시작하였다. 플리스처럼 융도 의사였으나 심리분석가이기도 했고, 그의 후기 작업에서도 볼 수 있듯 그는 신화와 선사에 매료되어 있었다. 당연히 이 주제들은 프로이트의 마음을 엄청나게 사로잡고 있던 것이기도 했으며, 프로이트가 종교를 대하는 태도와 관심 영역은 융과는 달랐지만, 둘은 모두 종교를 심리학적 관점에서 연구하고자 했다. 프로이트가 플리스로부터 융으로 옮겨간 것은 그의 내적 발달 과정으로 보면 생물학으로부터 떠나 영혼에 대한 연구로 향하는 단계로 볼 수 있다.

똑같은 반복과 예측을 통해 정밀과학이 될 수 있다는 생각으로부터 어떻게 프로이트가 멀어져갔는지를 보여주는 또다른 예는 꿈의 상징주의에 관한 관점의 진전에서 찾아볼 수 있다. 1913년, 프로이트는 〈심리분석의 관심The Interest of Psychoanalysis〉이라는 논문에서 심리분석가들이 꿈꾸는 자의 연상과는 독립적으로 꿈의 내용을 어느 정도는 번역할 수 있다고 말했다. 프로이트는 정밀과학이 어떤 환자의 꿈이든지 간에, 나타난 상징이 의미하는 바를 어느 정도 확신을 갖고 말할 수 있도록 돕는다고 믿었다. 그러나 1925년, 〈꿈 해석에 관한 전반적인 몇 가지 언급Some Additional Notes on Dream-Interpretation as a Whole〉이라는 논문에서 프로이트는 다음과 같이 썼다. "꿈 해석은 … 꿈꾸는 자의 연상을 참고하지 않으면 … 가장 의심스러운 가치를 지닌 비과학적인 기교의 일부로 남을 수 있다." 그는 동일한 상징이라도 사람에 따라 완전히 다른 의미를 지닐 수 있다고 명백히 밝혔다. 그렇기에 상징이 개인에게 무엇을 의미하는지 이해하려면 개인의 특별한 연상을 연구해야만 했다. 프로이트는 개인의 심리적 사건들은 자기만의 특별한 역사를 가지며, 특별한 맥락 속에 존재하고, 그 맥락 안에서만 이해할 수 있다고 하게 되었다.

훗날 프로이트는 자연과학이 자신이 일생동안 정말로 하고 싶어했던 일로부터 멀리 돌아가는 길이었음을 분명히 깨달았다. 〈비전문가의 분석에 대한 질의〉에서 그는 다음과 같이 썼다. "내가 나를 이해하는 과정을 통해 알게 된 것은, 내가 41년을 의사로 활동했지만, 진정한 의미의 의사가 되어본 적이 없었다는 것이다. 나는 본래의 목적으로부터 벗어나도록 강요받아 의사가 되었다. 내 인생에서의 승리는, 내가 대단히 돌고

당신이 잃어버린 프로이트

돌아 결국 원래의 방향으로 돌아가는 길을 찾았다는 사실이다."

프로이트는 원래 방향이 무엇인지에 대해 〈자서전적 연구의 후기 Postscript to 'An Autobiographical Study', 1935〉에서 다음과 같이 설명했다.

평생동안 자연과학과 의학, 심리치료라는 길을 돌아온 끝에 나는 가까스로 나의 젊은 시절을 사로잡았던 문화적 문제에 다시 관심을 둘 수 있게 되었다. 이 관심은 '인간의 역사적인 사건들, 인간 본성 사이에서 상호 간의 영향, 문화의 발전, 그리고 선사시대의 가장 중요한 잔재인 종교 … 심리분석에서 기원한 연구이나 심리분석을 뛰어 넘어버리는 것'에 집중되었다.

프로이트가 자신의 중점적인 관심은 자연과학이나 의학이 아니라고 분명히 밝히기 전에도, 프로이트가 인간성에 중점을 두고 있다고 말한 영국의 냉철한 과학자가 있었다. 프로이트가 〈집단심리학과 자아 분석 Group Psychology and the Analysis of the Ego, 1921〉에서 여러 번 인용한 윌프레드 트로터Wilfred Trotter는 이렇게 말했다. "아무리 프로이트가 쌓아 올린 건축물의 견고함에서 강렬한 인상을 받는다 해도, 생물학이라는 공기가 그 안으로 불어닥치면 그 안에서 스며나오는 인간성의 냄새에 압도될 것이다."

나는 프로이트가 자신의 삶 가운데 특정 시기에 어떤 방식을 통해서 자신을 자연과학자로 보고, 심리분석을 자연과학으로 보았는지에 대해서는 관심이 없다. 프로이트 자신도 가끔 심리분석을 자연과학으로 보았다. 내가 관심을 두는 것은 영역본 번역자들, 그리고 심리분석을 배우는 미국 학생들이 길을 잃었거나 잘못된 길로 가고 있는지 여부이다. 이들은 프로이트가 썼던 많은 것들을 오해석하여 만들어진 길을 따라가고 있다. 우리가 분명히 알아야 하는 것은, 프로이트는 우리가 심리분석을 인본주의적인 과제로 받아들이길 원했다는 것이다.

VIII

프로이트 저작 중 대부분은 그가 살아있는 동안 영어로 출판되었으며, 현존하는 영역본은 모두 프로이트 자신이나 상속인에 의해 승인되었다. 프로이트는 영어를 능숙하게 읽고 쓸 수 있었는데, 그래서 그가 의미를 제대로 살리지 못한 영어 번역을 승인했다는 것이 더 이해하기 어렵다.

나는 1940년대 후반에 처음으로 프로이트 영역본을 읽었는데, 당시 시카고대학의 내 친구와 동료들은 브리태니커 백과사전 출판부에서 준비 중인 〈서양 사상 대전집Great Books of the Western World〉 출판에 참여하게 되었다. 이 중 54번째이자 마지막 권은 프로이트의 저작들로 채울 계획이었다. 프로이트의 저작 중 어떤 것을 책에 포함시킬 지 논의하는 자리에서 나는 프로이트가 실제로 전달하고자 했던 의미에 충실하려면 번역을 새로 해야한다고 제안했다. 내가 프로이트 영역본을 읽었을 때 뿐만 아니라 이 영역본으로 특수학교에서 교사와 학생들을 가르치며 느낀 문제를 풀기 위해 했던 이 제안으로 인해 한동안 편집자들은 새로 번역을 해야할지 고민했다. 그러나 결국 시간과 비용의 문제, 그리고 프로이트 저작과 관련된 이들과의 의견 조율 가능성 등으로 인해 실현되지 못했다.

몇년이 지나, 큰 재단의 한 이사가 내게 프로이트 저작에 주석을 달아 새롭게 번역해보자고 제안했다. 나는 이 제안을 거절했다. 그 일은 내 남은 삶을 전부 바쳐야 가능한 일이었다고 생각했고, 내가 그 일을 할 수 있는 사람인지도 확신이 없었으며, 당시 특수학교에서의 일에 허덕였기 때문이었다. 또한 현실적으로 이미 승인된 판본이 존재했기 때문에 출판권의 소유자들이 새로운 번역본의 출판을 허락할 지도 의문이었다.

〈지그문트 프로이트 심리학 전집 표준판Standard Edition of the Complete Psychological Works of Sigmund Freud〉은 24권으로, 런던의 호가스 출판사에서 1953년부터 1974년까지 출간되었다. 이 전집의 편집장인 제임스 스트래치James Strachey는 제1차 세계대전 이후에 비엔나에서 프로이트에게 분석을 받았고, 프로이트가 살아있는 동안 저작 중 몇 개를 영어로 번역했다. 표준판에서 스트래치는 기존 번역을 개정하거나, 어떤 경우에는 완전히 새롭게 번역하기도 했다. 모든 번역본은 안나 프로이트의 승인을 받았다. 표준판의 번역 대부분이(비록 아주, 아주 많은 단점들이 남아 있지만) 기존의 판본보다 개선되었기에, 여기에서는 표준판을 기반으로 논의할 것이다. (미국 독자 중 압도적인 다수는 표준판을 읽지 않고 기존에 값싸게 출판된 조악한 판본을 읽고 있다는 점도 언급해

당신이 잃어버린 프로이트

두어야 할 것 같다.)

표준판에서는 일상 용어를 의학 용어와 그리스어와 라틴어에서 빌려온 용어로 바꾸려는 번역 경향이 명백하게 나타나고 있다. 〈심리분석 강의Introductory Lectures on Psychoanalysis, 1916-17〉의 10번째 챕터에서 프로이트는 꿈에서 나타나는 상징에 대해 논하며 이렇게 썼다. "오븐이 여성이자 자궁womb(의 상징)이라는 것은, 그리스 전설의 페리안드로스와 그의 아내인 멜리사에 의해 확인할 수 있다Dass der Ofen ein Weib und Mutterleib ist, wird uns durch die griechische Sage von Periander von Korinth und seiner Frau Melissa bestätigt." 이를 표준판에서는 "오븐들이 여성들과 (해부학적) 자궁the uterus을 표상한다는 것은(...)"이라고 옮겼다. 둘 사이에는 몇 가지 차이점이 있다. 표준판에서는 원래 단수였던 '오븐the oven'과 '여성a woman'을 '오븐들ovens'과 '여성들women'로 바꿨는데, 겉보기에는 악의가 없어보이지만 이는 불필요할 뿐만 아니라 진술을 거짓되게 만들 수 있다. 나는 오븐이나 스토브가 여성 혹은 자궁을 상징한 꿈에 관해서는 꽤 많이 경험했지만, 오븐들이 복수의 여성들이나 자궁들을 상징했다는 꿈에 대해서는 단 한 번도 들어보지 못했다. 이보다 더 문제는, 'womb'을 'uterus'으로 번역한 것이다.[16] 나는 오븐이 해부학적 자궁uterus을 상징하는 꿈을 꾼 적이 없으며 내 동료들도 마찬가지다.

---

16 한국어 상에서는 모두 '자궁'으로 번역되나, 영어권에서 womb은 훨씬 쉬운 용어이자 생명의 근원을 의미하기도 한다. 이에 반해 uterus는 해부학적으로 자궁을 의미하는 의학 용어로 학술적인 이미지를 준다. (역주)

만약 그런 꿈이 생겨난다 할지라도 이는 프로이트가 생각했던 바는 아니다. 비록 영어로는 'womb'와 'uterus'가 같은 의미일지 몰라도, '엄마의 자궁mother's womb'이라는 뜻의 Mutterleib는 오직 'womb'으로만 번역될 수 있다. 일상 용어를 의학 용어로 대신하는 것은 정서적으로 깊게 연관되어 있는 단어를 전혀 그렇지 못한 단어로 교체하는 꼴이다. 대체 누가 uterus로 되돌아가고자 한단 말인가?

프로이트는 〈새로운 심리분석 강의〉에서 31번째 챕터의 제목을 "Die Zerlegung der Psychischen Persönlichkeit"라고 썼다. 이 제목을 문자 그대로 번역하면 "심리적 인격의 분해The Taking Apart of the Psychic Personality"가 된다. 이 제목의 맥락 안에서 분해Zerlegung(taking apart)를 더 구어체로 만들자면 '분석analysis'이나 '분할division'이 된다. 표준판에서는 이를 "정신 성격의 해부The Anatomy of the Mental Personality"로 번역했다. 원본에서 Zerlegung를 '해부anatomy'로 번역할만한 가능성을 암시하지 않았고, 독일어에서도 이를 해부와 같은 의미로 사용하지 않음에도 말이다. '해부Anatomie'라는 단어는 영어에서처럼 독일어에서도 흔히 사용되는 단어이고, 그 의미도 같다. 의학도로서 해부학을 공부한 프로이트가 정말로 이 단어를 사용하고자 했더라면 굳이 분해라는 말을 사용하지 않았을 것이다. 하지만 번역자들은 이 단어를 선택했다. 이를 통해 영어 번역자들이 의학 용어 사용을 선호했다는 것을 확인할 수 있다.

왜 프로이트의 가장 중요하고도 새로운 세 가지 이론적 개념은 영어가 아니라 처방전에서나 볼 수 있는 언어로 번역되었는가? 이는 심리분석을 의학 전문 분야로 보고자 했던 시도라고 볼 수 있다. 프로이트는 프시케의 기능을 의식, 전의식, 무의식이라는 영역으로 나누면서 프시케의 구조를 개념화하였다. 그가 논했던 심리 과정은 개인적이고 내적인 것이었다. 그래서 프로이트는 개념의 이름을 모든 독일 아동들이 처음으로 사용하는 단어 중에서 선택했다. 알려지지 않은 무의식적인 마음의 내용은 '그것Es(it)'이라는 인칭대명사를 선택했고, das Es라는 명사형을 사용하기도 했다. 그러나 이 용어의 의미는 프로이트가 대명사 '나ich(I)'와 함께 사용할 때에만 온전한 영향력을 갖게 된다. 이 역시 das Ich라는 명사형으로도 사용했다. 그가 의도한 의미는 〈나와 그것Das Ich und das Es〉[17]이라는 책 제목만 봐도 분명히 알 수 있다. 프로이트는 이 책에서 처음으로 두 가지 개념을 상호 대응관계로 설정했다. 그러나 영어판에서는 이를 영어가 아닌 '자아ego'와 '원초아id'라는 라틴어로 번역했다. 따라서 두 개념은 개인적인 연상을 전혀 불러 일으킬 수 없은 차가운 전문용어가 되어버렸다. 당연하게도 독일어에서 이 대명사는 깊은 정서적 의미가 담겨있다. 독일 독자들은 평생동안 그 단어를 사용해왔기 때문이다. 프로이트는 세심하고 독창적으로 단어들을 선택함으로써 독자가 자신의 뜻을 직관적으로 이해할 수 있도록 도왔던 것이다.

---

17 국내에는 〈자아와 이드〉로 알려져 있다. (역주)

'나'라는 대명사 만큼이나 더 크고 친밀한 의미를 암시하는 단어는 없다. 이는 우리가 말할 때 가장 많이 사용되는 단어이며, 가장 개인적인 단어이다. 인간은 '나'라는 말을 배울 때의 깊은 감정적 경험을 품은 잠재적 기억을 가지고 있고, 이 말을 배우며 자신의 존재를 발견한다. 하지만 나$_{Ich}$를 '자아$_{ego}$'로 잘못 번역함에 따라 이는 더 이상 개인적인 의미를 가지지 않은 전문 용어가 되어버렸다.

'개념을 창조한다는 것은 현실을 뒤로 하고 떠난다는 것'이라 말한 오르테가 이 가세트$_{Ortega\ y\ Gasset}$의 말을 프로이트가 알고 있었는지는 모르겠지만, 그는 '나'라는 말의 진실됨을 확실히 알고 있었고, 가능한 오해를 피하고자 했다. '나'라는 개념을 창조함에 있어, 프로이트는 현실 그대로를 담아내는 용어를 사용하여 '나'를 현실에 묶어놓았다. 나에 대해 읽고 말한다는 것은 스스로를 내적으로 살펴보도록 강제하는 것이기 때문이다. 그러나 대조적으로 번역어 '자아'는 '원초아'에 대항하여 분투하고 자신의 목적을 달성하기 위해 대치$_{replacement}$나 투사$_{projection}$를 사용하는 기계장치같은 느낌을 주며, 외부의 관찰자가 연구할 수 있는 대상처럼 느껴진다. 이 개념은 특히 정서적 반응과 관련시켜 번역했어야 했지만, 라틴어를 번역어로 선택하는 바람에 행동주의적인 것으로 인식되어버렸다. 당연한 말이지만, 이것이 바로 대다수의 미국인들이 심리분석을 사용하고 바라보는 방식이 되었다.

'자아$_{ego}$'라는 단어는 프로이트의 번역자들이 심리분석 개념으로 소개하기 전부터 영어에서 여러 방법으로 사용되었다. 현대어에서 이 단어는 주로 '이기주의egoism', '이기주의적egoistic', '자기중심주의egotism'과 같이 부정적으로 사용된다. (최근 등장한 속어인 '자기도취ego trip' 역시 부정적 의미를 담고 있다.) 독일어 egoist라는 명사와 egoistisch라는 형용사도 영어에서의 의미와 같이 사용된다. 프로이트 역시 모든 독일어권 사람들처럼 '자아'라는 어근이 발생시키는 이기적이라는 의미를 알고 있었음이 당연하다.

프로이트는 자신의 주요 개념 중 하나에 '나'라는 이름을 붙여 인간 프시케의 작용에 관한 이론을 우리 가까이에 두고자 했다. 영어에서의 I보다 독일어 Ich가 더 강하고 깊은 개인적 의미를 표현한다고 생각할 수 있다. 영어를 사용하는 사람은 I보다는 me를 사용하는 경우가 많다. 대표적인 예가 '그게 나야That's me' 같은 표현이다. 같은 표현을 독일어에서는 Ich를 사용하여 '그게 내가 말하는 나야Ich bin es, der spricht'라고 한다. 영어의 경우, 어떤 맥락에서는 I보다 me가 프로이트가 말하고자 했던 의미를 더 잘 표현해줄 수 있다는 말이다. 프로이트는 일상 단어를 사용하여 심리분석을 통해 생생하게 살아있는 '나'를 말하고자 했다. 그러나 번역자들은 생명력이 느껴지지 않는 용어를 제시함으로써, 살아있음보다는 박식함을 드러내는데 더 관심을 두었다.

'나'를 말하는 적극적 자기주장의 경험을 통해 받는 느낌은, 한 개인의 '나'가 외부 세계에 자신의 의지를 표현할 때의 느낌이다. 그러나 이 느낌은 우리가 '나'를 자아ego라고 말할 때 사라져 버린다. '나'는 나의 전체, 내 성격의 총체를 의미하는 것이다. 프로이트가 '나'라고 부르는 것은 무엇보다 자기자신의 의식적이고 이성적인 측면이다. 우리는 스스로 항상 이성적일 수 없고, 또 항상 이성적으로 행동할 수는 없다는 것을 알고 있다. 심리분석은 '나'가 우리의 비이성적이고 무의식적인 측면을 의식적이고 이성적으로 자각할 수 있게 할 수 있음을 말한다. 프로이트는 심리분석의 '나'에 이런 의미를 부여하는 이름을 붙임으로써 우리가 진짜 나$_{\text{real I}}$의 가치를 발견하도록 한 것이다. 결과적으로 우리는 프로이트가 이름 붙인 '나'가 진짜 우리 자신임을 직관적으로 이해할 수 있다. 비록 우리가 항상 '나'에 따라 행동하지는 않는다는 것을 알고 있음에도 말이다. 그리고 우리가 의식적이고 이성적인 부분에 '나'라는 이름을 붙였기에, 우리는 우리 자신의 비이성적이고 유치한, 정말로 이기적인 측면에 대항하여 싸울 때 '나'의 편을 들고 싶어진다. 교묘한 방법이지만, 마음의 의식적인 측면에 '나'라는 이름을 선택한 것은, 우리 내부의 비이성에서 비롯된 혼돈과의 전투에서 이기고자 하는 결심을 굳건히 하도록 만든다. 심리분석 치료에서는 환자 스스로의 이런 결심과 환자의 '나'를 편드는 치료자의 노력이 우리 내부의 어두운 힘을 성공적으로 다루도록 만든다. 이처럼 '나'는 심리분석의 다른 어떤 용어보다 우리에게 용기를 불어넣으며, 무의식을 의식화하고 심리분석적으로 생각하게 만들어 준다.

누구도 "내 '자아'는 더 이상 비이성적인 불안에 휘둘리지 않을 거야"라고 말하지 않는다. "나는 더 이상 나의 비이성적인 불안에 휘둘리지 않을 거야"라고 말하는 것이 자연스럽고 일반적이다. 심리분석적 사고는 우리의 표현에 등장하는 '나'가 본질적으로 우리의 의식적인 마음이라는 것을 알게 해준다. 이런 의식적인 마음이 우리 무의식의 불안한 노출을 통제하고자 노력하는 것이다. 우리는 심리분석을 통해 "나는 내가 왜 이랬는지 이해해보려고 해"라고 말할 수 있게 되며, 이 말로 인해 우리의 이성이 무의식을 이해하게 되고, 결과적으로 우리 행동 전체를 이해할 수 있게 된다. 만약 누군가가 "내 자아는 내가 왜 이랬는지 이해해보려고 해"라고 말한다고 생각해보자. 이 표현에서는 개인적인 의식의 개입이 전혀 느껴지지 않는다.

'자아'와 '원초아'같은 용어로 인해 심리분석이 이론적으로 마음을 설명하는 것처럼 보일 수 있지만, 사실 심리분석의 주 목적은 이론적으로 설명할 수 없는 것을 다루는 것이다. 심리분석은 우리 내부에 있는, 가장 원시적이고 비이성적이며, 가장 일상적이고 덜 복잡한 언어로만 표현될 수 있는 마음의 부분을 다루도록 돕는다. 우리가 흔히 사용하는 '나'와 '그것' 사이의 구분은 즉각적이고 분명하며, 우리가 이미 그것들이 무엇을 지칭하고 있는지 알기 때문에 설명이 필요하지 않다. 예를 들어, "나는 거기에 갔어"라고 말할 때 우리는 정확히 뭘 하고 있었고 왜 그랬는지 알고 있다. 그러나 "그게 나를 끌어 당겼어"라고 말한다면, 알지 못하는 우리 안의 무엇이 특정 방식으로 행동하도록 강요했다는 느낌이 드러난다. 우울증으로 고통받는 사람이 '그것에 또 붙잡혔어It got me again'라고 말하거나, '그것은 삶을 견딜 수 없게 만들어!It makes life unbearable!'라고 말할 때, 그는 지적 능력과 의식적인 마음이나 의지로는 설명할 수 없지만, 자신에게 무엇인가 일어나고 있다는 것을 분명히 표현하는 것이다. 이 표현은 그가 자기 안에 있지만 스스로의 이해력과 통제를 넘어선 힘에 의해 압도되어 왔다고 느끼고 있음을 보여준다.

그러나 이 용어를 원초아가 아니라 '그것the it'으로 옮겼다 해도, 이는 독일어 das Es처럼 충분한 정서적 영향력을 갖고 있지는 못하다. 독일어에서 '아동das Kind(Child)'은 중성어이다. 그렇기에 모든 독일인들은 어린 시절 중성 대명사인 es로 지칭된 경험이 있다. 따라서 das Es는 독일어 독자들에게 특별한 느낌을 준다. 독일어 독자는 이 말에서 성적, 공격적, 그 밖의 비사회적인 충동의 억압을 배우기 전, 충동 때문에 죄책감이나 수치심을 느끼기 전, 모순을 해소하고 논리적 질서를 자신의 생각에 반영해야 할 의무를 느끼기 전 어떻게 스스로를 지칭했었는지를 떠올리게 된다. 다시 말해, das Es는 자신이 '그것'에 의해 지배되었던 때를 상기시켜 주는 것이다. 이런 기억들은 의식하지 않더라도 프로이트가 무의식을 '그것'이라고 말하는 것만으로도 즉각적 공감을 만들어낸다.

프로이트는 독일어의 일상어 두 개를 조합한 Über-Ich라는 개념을 〈나와 그것〉에서 소개했으며, 이는 영어권 독자들에게 '초자아superego'로 알려져 있다. 이 단어는 이 개념이 사람의 필수적인 부분을 의미한다는 점을 강조하고 있다. 이 개념은 내면화된 내적 욕구와 외부 압력으로부터 개인이 직접 만들어내는, 통제적인 정신 기관이다. 전치사 über는 Über-Ich가 나Ich에게서 über의 영역을 제거하는 것임을 의미한다.

공교롭게도 영역본이 사용한 '초자아superego'라는 오역은 금방 받아들 여졌으며, 이제는 이 용어가 '자아'나 '원초아'보다 더 자주 쓰이고 있다. 자아나 원초아에 대해 별로 말하지 않는 사람들도 자신과 타인의 초자아 에 대해 말하는 것은 주저하지 않는다. 이 개념이 프시케에서 꽤나 큰 비 중을 차지하고 있음에도, 아마 이를 표현하는 말이 '양심'이라는 옛말 외 에 특별히 없었기 때문일 것이다. 이 개념은 프시케의 의식적이고 합리 적인 통제, 무의식적이고 비합리적이며 강박적이고 처벌적이며 박해적 인 측면을 포함한다.

프로이트의 체계에서 '나', '그것', Über-Ich는 각각 프시케의 다른 측 면이며, 이들은 영구적이고 서로 떼려야 뗄 수 없는 관계이다. 이론적으 로는 분리하여 설명하지만, 실제로는 서로 분리할 수 없다. 이들은 각 각 제 나름의 중요한 기능을 수행한다. Über-Ich의 의미와 역할을 프로 이트가 의도한 것처럼 정서적으로 이해하는 데에 있어 방해가 되는 것 은 super-ego라는 영어 번역 중 'super'가 아니다. 진짜 문제는 앞서 말 했듯 'ego'이다. Über-Ich를 이해하기 위한 Ich의 기능은 Über-Ich라는 마음 통제 기관을 만들어낸 사람이 다름 아닌 나 자신이며, Über-Ich는 내가 해석한 나 자신의 경험, 욕망, 욕구와 불안의 결과라는 것을 알아차 리는 것이다. 결과적으로 이 기관은 나 자신이 했고, 지금도 하고 있는 요구들을 내면화했기 때문에 힘을 가지게 된 것이다. 이런 개인적인 깨달음을 통해 사람들은 각자의 Über-Ich가 있으며, 각 개인의 프시케 안에 존재하는 Über-Ich가 같은 역할을 맡고 있다는 것을 이해할 수 있다. 번역어 안에 I라는 단어가 있었다면, 독자는 자신의 프시케 중에서 이 부분과 싸워야 하는 이가 다름 아닌 자신이라는 즉각적인 느낌을 훨씬 쉽게 받았을 것이다.

조합된 단어에서 über가 전하는 것은, 더 높은 권위를 주장하며 개인을 지배하려 하는 프시케의 측면이다. 이 점에 있어서 'above-I', 'over-I', 'upper-I'나 그 밖의 유사한 용어는 Über-Ich의 번역어로 받아들일 수 있다. 웹스터의 미국어 사전Webster's New World Dictionary of the American Language, 약칭 웹스터 사전은 upper를 '더 높은 권위, 다른 비슷한 것들 이상의 무엇'이라고 설명한다. 이 해석에 따르면 'Upper-I'가 프로이트가 마음 속에 품고 있던 의미와 가장 가까울 수 있다. 우리 모두가 알고 있듯, 상원upper house는 하원lower house보다 더 큰 권위를 가진다. 프로이트는 이처럼 더 높은 위치, 동시에 더 높고 우월한 권위에 관한 의미를 표현하기 위해 über라는 단어를 선택한 것이다.

프로이트의 주요 개념인 이 용어를 영어가 아닌 다른 언어로 번역 것은, 인칭대명사의 영향으로부터 정서적인 거리를 두면서 의학 전문 용어를 많이 사용하고 싶어한 무의식적인 욕망에서 비롯되었다는 것 이외에는 어떤 설득력 있는 이유가 없다. 프로이트가 사용한 독일어를 영어

당신이 잃어버린 프로이트

로 번역하면서, 라틴어에 의지할 이유는 전혀 없다. 프로이트의 프랑스어 역본에서, das Ich는 거의 언제나 le moi로, das Es는 le ça나 le soi로, Über-Ich는 le surmoi로 번역되었고, 스페인어로 das Ich는 el yo로 옮긴 것을 봐도 알 수 있다.

〈비전문가의 분석에 대한 질의〉에서 프로이트는 프시케의 다른 측면들의 이름을 인칭대명사로 붙인 것이 타당함을 주장하며, 고전적인 언어를 사용하지 않는 이유를 제시하였다. 그는 다음과 같이 썼다.

당신은 아마 영혼의 두 기관, 혹은 구역을 나타내기 위해 듣기 좋은 그리스이름 대신 단순한 대명사를 선택한 것에 반대할 것 같습니다. 그러나 심리분석은 대중적인 사고방식과 계속 맞닿아 있기를 원하며, 이 이론이 사라지지 않고 과학적으로 유용해지기를 바랍니다. … 어느정도 이해도가 있지만, 박식하지는 않은 환자들이 우리의 가르침을 이해할 수 있어야 하기 때문에, 반드시 이 방식(인칭대명사)을 사용해야 합니다. '그것'은 일반인들이 사용하는 특정 표현과 즉각 연결됩니다. 사람들은 흔히 이렇게 말합니다. "그건 눈 깜짝할 새에 떠올랐어요. 그 순간 나보다 강한 무엇인가가 내 안에 있었습니다."

이보다 앞선 단락에서 프로이트는 '나'라는 이름을 선택한 이유를 이 대명사에 붙어 있는 보편적인 함의 때문이라고 설명하고 있다. 그는 다음과 같이 썼다.

우리 스스로는 보편 상식을 기반으로 인간에게서 영혼의 구조를 인식할 수 있습니다. 영혼은 감각 자극과 육체적 욕구의 지각, 그리고 행동 사이에 있습니다. 영혼은 특별한 목적을 위해 이들 사이를 중재합니다. 우리는 이 구조를 '나'라고 부릅니다. 굳이 철학자가 아니어도 이것이 새로운 개념이 아니라고 생각할 것입니다. … 그러나 영혼의 기관 중 '나'를 알아낸 것이 끝이 아닙니다. '나' 이외에도 영혼의 또 다른 구역이 있습니다. 이 구역은 '나'보다 더욱 광범위하고, 더 웅장하며 불명확합니다. 이를 우리는 '그것'이라고 부릅니다.

니체는 실제로 '나'와 '그것'이라는 단어를 유사한 방식으로 사용했다. 아마 니체가 프로이트가 위에서 언급한 철학자일 수도 있을 것이다. 니체는 〈선악을 넘어서Beyond Good and Evil〉에서 "생각은 '그것'이 원할 때 오는 것이지 '나'가 원할 때 오지 않는다. 그러므로 '나'라는 주체가 '생각'이라는 술어의 조건이라고 말하는 것은 거짓이다. '그것'은 생각한다. 그러나 이 '그것'이 옛날 그 '나'일 것이라는 즉각적인 확신은 없다"라고 썼다.

프로이트는 말년에 〈새로운 심리분석 강의〉 31장에서 인간 프시케의 구조에 대한 생각을 새롭게 바꿨다. 결론적으로 프로이트는 이론으로서, 그리고 치료로서의 심리분석이 지향하는 목표를 '그것'이 있던 자리에 '나'가 있게 하는 것이라고 말했다. 그러나 이는 '나'가 '그것'을 제거하거나 '그것'의 자리를 대체한다는 의미가 아니다. 프로이트의 이론에 따르면 '그것'은 우리 생명 에너지의 근원이기 때문에 그것 없이는 삶이 지속

될 수 없기 때문이다. (프로이트는 〈문명과 불만족〉에서 '그것'을 통제하는 것에는 한계가 있으며, 그 이상 통제하려 한다면 내적 갈등으로 인한 신경증 등으로 불행해질 것이라 말했다.) 〈새로운 심리분석 강의〉에서 프로이트는 이전에 '그것'에게 대부분 혹은 완전히 지배당한 삶의 특정 측면을 '나'가 건설적인 영향력을 행사하여 성공적으로 통제해야 한다고 했다. 따라서 심리분석의 과업은 '나'가 '그것'의 광대한 영역을 점점 더 잠식해들어갈 수 있도록 하는 것이며, '나'를 도와 특히 개인의 안녕을 방해할 수 있는 '그것'을 지배할 수 있도록 하는 일이다.

프로이트는 심리분석의 목표에 관한 자신의 주장을 분명하게 밝히는 중요한 목적을 위해 이 문장으로 단락을 맺고 있다. "이는 조이데르 해 Zuyder Zee의 물을 빼낸 것과 같은 수준의 문화적 성취입니다." 이는 특히 적절한 비유이다. 조이데르 해 간척은 네덜란드 북부 바다의 꽤 넓은 내해를 댐으로 막고 물을 빼내는 일이었다. 바다는 자연세계의 원초적이고 지배적인 요소이며, 모든 생명이 시작되는 곳일 뿐만 아니라, 생명의 지속을 위해서도 꼭 필요하기에 프시케의 세계에서 '그것'과 비교될 수 있다. 조이데르 해 간척 사업은 광대한 바다의 일부분을 육지로 바꾼 일이다. 새롭게 만들어진 간척지는 언제 있을지 모르는 범람으로부터 지속적으로 보호받아야 하기 때문에 간척 사업은 위태로운 성취이다. 거대한 파도와 같은 자연의 무시무시한 공격이 지금까지의 성취를 물거품으로 만들 수 있다. 이는 '나'와 '그것', 그리고 그 사이의 심리분석 작업과 유사하다.

조이데르 해 간척은 과학기술이 이루어 낸 성취였다. 프로이트는 이를 심리분석에 관한 은유로 사용하기 위해 중요한 단서를 덧붙였다. 바로 문화적이라 말한 것이다. 프로이트는 문화 사업Kulturarbeit라는 단어를 사용하고 있으며, 이는 문자 그대로 '문화를 달성하기 위한 노동'이라는 뜻이다. 표준판은 이 용어를 '개간 사업reclamation work'으로 만들어버렸다. 상상력을 발휘하지 않으면 '개간 사업'은 Kulturarbeit의 적절한 번역처럼 보일 수도 있다. 그러나 만약 프로이트가 조이데르 해 간척 사업과 심리분석 사이에 특별한 의미를 부여한 비유를 하고자 하지 않고, 단순히 그 일의 특성과 목적을 지칭하고자 했다면 독일어 단어인 개간Urbarmachung이라는 단어를 사용했을 것이다. 이 단어가 농업 목적의 토지 개간에 대한 정확한 독일어 표현이기 때문이다. 하지만 프로이트는 심리분석을 개간 사업에 비유하지 않았다. 오히려 반대로 문화적 성취라는, 원초적인 자연을 잡아채는 일과 심리분석을 연결하고자 했다. 그는 이 은유에서 심리분석의 작업은 영적인 것이기 때문에 육체적이거나 물질적인 작업과는 구분된다는 점을 강조하고 싶었던 것이다. 그러나 영역본은 이 은유와는 반대되는 의미를 제시하여 실제적인 결과를 내는 것이 심리분석 작업의 목표로 보이도록 만들었다. 하지만 심리분석에서 얻은 실제적 이득이 무엇이든 간에, 이러한 이득은 문화적 성취에 따르는 것일 뿐이다. 프로이트는 문화적 성취를 가장 중요하게 생각했고 그의 사례에서도 이것이 계속 나타난다.

독일 문화에 익숙한 사람들은 바다 간척 은유로부터 프로이트가 요약한 심리분석의 핵심을 특히 날카롭게 찾아낼 수 있다. 독일 문화사에서 〈파우스트Faust〉라는 걸작을 쓴 괴테만큼 유명한 인물은 없다. 〈파우스트〉는 그의 영혼을 위해 빛과 어둠이 벌이는 싸움에 관한 이야기이다. 파우스트의 삶은 자기자신과 세계를 더 깊이 이해하기 위한 투쟁이다. 자신이 누구인지 알아내기 위해, 파우스트는 모든 위험을 감수하며, 그의 생명뿐만 아니라 영혼까지 건다. 그는 이 투쟁에서 강력하고, 때로는 압도적인 본능적 압력(메피스토펠레스)과 충돌한다. 그리고 이 압력은 그가 가장 사랑하는 것(그레첸)을 파괴하기에 이른다. 그레첸은 파우스트의 '더 나은 자신'을 표상한다. 파우스트의 영혼을 구하는 이는 다름 아닌 그레첸이다. 삶의 끝에서 파우스트는, 바다를 개간하여 얻어낸 한 뼘의 땅을 자신이 분투하여 얻은 최고의 성취로 삼는다. 그는 자신이 승리했다고 믿으며, 만족을 느끼고 한시도 쉬지 못했던 자신의 삶을 끝내고자 준비한다. 미래의 경작을 위한 땅을 만들어내려는 노력으로 인해 그는 구원을 얻을 수 있었다. 우리는 프로이트의 지적 발달에 괴테가 미친 영향이 적지 않음을 알고 있다. 따라서 프로이트가 독자들이 심리분석 작업을 〈파우스트〉라는 위대한 작품이 그리고 있는 영혼의 개간과 연관시키도록 유도하고자 바다 간척 은유를 선택했다는 것은 단순한 추측이 아니다. 범신론자인 괴테와 무신론자인 프로이트 모두 영혼 구원에 관한 비유 없이는 인간의 운명에 관한 그들의 깊은 사색을 전달할 수 없다고 느꼈던 것이다.

IX

프로이트의 심리분석 저작 중 가장 중요한 작품은 〈꿈의 해석The Interpretation of Dreams〉이다. 프로이트는 이 책에서 우리의 무의식과 꿈 속에서 일어나는 일을 밝히고자 했다. 그리고 그는 "우리는 꿈을 만드는 원료일 뿐이다"라는 셰익스피어 말을 증명해냈다. 그러나 불행하게도, 〈꿈의 해석〉은 제목부터 오역이다. 이 잘못 번역된 제목이 꿈을 다루는 중요한 작업을 이해하지 못하도록 방해하고 있다.

문자 그대로 보자면 The Interpretation of Dreams은 Die Traum-deutung을 있는 그대로 옮긴 것이다. 그러나 이 번역은 독일어 제목이 전달하고자 하는 의미를 적절히 담고 있지는 못하다. 영어 제목의 두 명사는 독일어에도 있는 단어이다. '꿈dream'은 Traum, '해석interpretation'은 독일어와 영어 모두 같은 단어를 사용한다. 따라서 프로이트가 이 두 단어를 사용하여 제목을 붙이고자 했다면 그렇게 했을 것이다. 혹은 유사한 독일어인 설명Erklärung(explanation)을 선택했을 수도 있다. 그러나 프로이트는 독일어와 영어가 동일하게 사용하는 interpretation의 의미와는 꽤 다른 의미와 함의를 가진 단어를 사용하는 것을 더 선호했다. 옥스포드 영어사전Oxford English Dictionary이 영어에서 갖는 지위처럼, 독일어의 권위있는 두덴 사전Duden에서는 Deutung을 '무언가에 대해 더 깊은 의미나 중요성을 이해하기 위한 시도Versuch den tieferen Sinn, die Bedeutung von etwas zu erfassen'라고 설명한다. 바로 이것이 프로이트가 제목을 통해 전달하고자 했던 것이다. 그는 더 깊은 의미를 이해하기 위한 시도를 말하고자 했던 것이다. 책의 서문 중 첫 번째 문장은 이러한 생각을 더욱 강조하고 있다. "여기 꿈의 의미를 제시하려고 시도하면서… "(프로이트는 Traumdeutung이라는 단어를 사용하고 있으므로 '의미'를 '더 깊은 의미'로 이해할 수도 있다.) Deutung은 deuten과 bedeuten이란 동사에서 유래되었으며, 이 동사들의 의미는 명사에도 그대로 담겨있다. 두덴 사전은 deuten을 '어떤 것을 손가락으로 가리키는 것'이라 정의하고 있다. 그리고 bedeuten의 정의에는 '그것의 의미, 그것이 의미하는 바, 그것의 뒤에 있는 것welchen Sinn hat das, was meint es, was steckt dahinter'이 포함되어 있다.

　프로이트가 Die Traumdeutung라는 제목을 통해 나타내려던 것은, 꿈 뒤에 있는 것을 보여줌으로써 꿈의 의미를 밝혀내고, 꿈의 다층적 특성을 가리키려는 시도였을 것이다. 프로이트는 꿈의 의미를 옥스포드 사전

이 제시하는 interpretation의 정의처럼 '분명하고 명백하게 밝힐' 수 있다고 약속한 것이 아니었다. 그런 것은 불가능하기 때문이다.

꿈은 수많은 요소를 갖고 있다. 첫 번째로는 기억할 수 있는 꿈인 현재몽이 있다. 현재몽의 뒤에 있는 것은 잠재몽이며, 현재몽은 잠재몽의 나머지거나 왜곡일 뿐이다. 꿈에는 낮 동안 했던 경험의 잔재, 최근의 경험이 섞여 들어가서 나타나기도 한다. 그리고 꿈은 다른 수많은 무의식적인 요소를 보여주는 동시에 꿈 꾸는 이가 찾고자 하는 것을 보여준다. 프로이트는 각성 시 기억하는 꿈 뒤에 무엇이 놓여있는지 보여주고자 노력했다. 꿈의 밑바닥에 있는 것_{was steckt dahinter}이 무엇인지 탐색하는 것이야말로 Deutung이라는 단어에 내포된 의미이다.

interpretation이라는 영어 단어와 Deutung이라는 독일 단어 사이의 의미 차이는 점성술_{Sterndeutung}이라는 독일어를 보아도 알 수 있다. Sterndeutung과 Deutung 모두 뭔가를 이해하려는 가장 고대로부터 내려온 노력을 의미하며, 전자는 별의 운행, 후자는 꿈에 대한 것이다. 이런 고대인의 노력과 프로이트의 노력 사이에는 유사점이 있다. 점성술사들은 오래된 과거의 사건을 통해 미래를 예측하고자 했는데, 그 과거의 사건은 몇 광년 전에 일어난 별의 운행과 별자리를 말한다. 점술가와 해몽가는 모두 이집트인들로부터 전해 내려오는 것 같은 고대의 지혜에 의존하여 미래를 예측했다(아마 요셉은 파라오의 꿈에 기반하여 예언했기에 재상으로 발탁되었을지 모른다[18]). 프로이트는 꿈이 중요한 의미를 지니며, 분석을 통해 그 의미를 찾아낼 수 있다는 선구적 발견을 분석가들과 나누었다. 그는 대부분의 꿈을 과거 사건의 결과로 이해하는 것에 동의했다. 그러나 그에게 중요했던 것은 이 사건들이 하늘에서 벌어진 게 아니라 개개인의 삶에서 벌어진 것이라는 점이었다. 어떤 면에서 프로이트는 점술가와 해몽가의 믿음을 완전히 뒤엎었다고 할 수 있다. 그는 꿈 해석을 통해 우리가 미래를 예측할 수 있는 것이 아니라, 알려지지 않았던 과거의 사건을 정말로 찾아낼 수 있다는 것을 보여주었기 때문이다.

프로이트는 오래되고 널리 퍼져있는 미신적이면서 환상적인 시도들을 연상시키는 단어를 제목에 사용하여, 과학적인 사람들이 말도 안 된다고nonsense 확신하는 현상들이 말이 되는 것make sense임을 보여주고자 했다. 또한 이 제목은, 꿈 분석은 자연과학이 지향하는 확실한 결과에는 결코 도달할 수 없다는 의미도 드러낸다. 프로이트는 〈심리분석의 어려움 A Difficulty of Psychoanalysis, 1917〉[19]에서 심리분석의 발견을 코페르니쿠스의 업적

---

18 요셉은 구약성서에 나오는 인물로, 파라오의 꿈을 해석하여 예언하였다. 이 해몽으로 그는 이집트의 재상이 되었다. 저자의 농담이다. (역주)

19 완전히 오역은 아니지만, 번역자는 정말 필요없는 세 단어를 제목에 추가했다. 프로이트의 제목은 "Eine Schwierigkeit der Psychoanalyse"였고 이는 단순히 "심리분석의 어려움"이다. 그가 이야기하는 어려움은 심리분석이 우리의 '나'가 집 주인이 아니라는 것을 보여줌으로써 우리 자기애에 타격을 준다는 것이었다. 프로이트는 이렇게 우리 자기애에 상처를 주는 것을 지구가 우주의 중심이 아니라고 보여준 코페르니쿠스의 업적과 비교하고 있다. 또한 우리가 다른 동물과 얼마나 밀접하게 연관되어있는지 알게 해준 다윈의 업적과도 비교한다. 표준판은 제목을 "A Difficulty of the Path of Psychoanalysis"로 번역했는데,

과 비교한다. 코페르니쿠스는 점성술사로 시작하여 근대 천문학의 기초를 다진 사람이다. 천문학은 우주에 대한 우리의 관점을 완전히 바꿔놓았고, 모든 생명체가 펼쳐지는 무한한(유한할 수도 있지만, 어쨌든 우리가 상상할 수 없을 만큼 광대한) 우주에서 무슨 일이 일어나는지 우리가 이해할 수 있게 해주었다. 프로이트는 꿈의 이해에 관한 연구가 코페르니쿠스의 천문학처럼 전에는 인식하지 못했던 영혼의 거대한 내적 공간을 이해하는 열쇠가 되리라 믿었다.

프로이트는 〈꿈의 해석〉에서 오래된 라틴어로 쓰여진 말을 인용하여 이 책이 어두컴컴한 세계를 다룬다는 것을 경고하고 있다. 어두컴컴한 세계에서는 '해석'과 같은 명료함을 기대할 수 없다. 프로이트가 이를 말하기 위해 심사숙고한 끝에 고른 문장은 베르길리우스의 아이네이스 중 "Flectere si nequeo Superos, Acheronta movebo"였다. 그런데 이 문장의 번역인 "만약 내가 천상을 움직일 수 없다면, 지하세계를 일으켜세울 것이다If I cannot move heaven, I will stir up the underworld"는 이 말의 온전한 의미를 살리지 못했다. 이 인용구의 의미를 파악하려면 숨겨진 맥락도 알아야 한다. 베르길리우스의 시에서, 주노는 다른 신들의 도움을 구하지 못해 절망한 상태에서 이 말을 한다. 신들로부터 도움을 받을 수 없었기에 죽은

이 논문의 어디에도 심리분석이 나아갈 길을 막는 어려움에 관한 이야기는 없다.

당신이 잃어버린 프로이트

자들의 세계로부터 도움을 받아야 했기 때문이다. 이러한 맥락에서 위 인용구를 해석하면, 우리의 목표(이 경우에는 꿈의 이해)를 달성하기 위해 어둠의 힘(무의식)에 도움을 요청하는 것이 정당화되려면, 오직 빛의 힘(의식적인 마음)을 사용하지 못하는 상태이거나, 빛의 힘이 불충분해야 한다는 의미가 된다. 이 인용구는 만약 상부세계(의식적인 마음)가 지하세계(무의식)의 부름을 거절한다면, 지하세계가 상부세계를 뒤흔들 것이라는 점을 암시하고 있기에 더욱 적절하다. 따라서 이 인용구는 Deutung이라는 단어처럼 우리가 어둠과 불확실성의 세계로 들어가게 될 것이라 경고하며, 이 혼돈의 세계는 명쾌한 해석과 번역에 저항하고 있음을 표현하는 것이다.

프로이트는 무의식과 비합리성이라는 암흑 세계의 혼돈을 보여줌으로써 인간에 대한 우리의 관점을 바꾸고자 했다. 그러나 이는 오직 우리의 관점이 바뀌어 우리가 자신의 가장 어두운 측면을 이해할 수 있을 때에만 가능해진다. 우리가 스스로의 가장 어두운 측면을 이해할 수 있게 된다면, 이를 통해 우리 스스로에 관한 많은 것을 알게 될 것이다. 프로이트는 꿈에 관한 우리의 생각을 바꾸고 확장시켜 꿈의 의미를 알려주고자 했다. 우리 영혼의 숨겨진 면을 친근하게 느낄 수 있도록 하여 우리 스스로를 더욱 깊고 온전하게 이해할 수 있게 되기를 바랐던 것이다.

책의 제목 Die Traumdeutung을 영어로 옮기는 것은 어려울 것이다. 이 제목은 독일어 화자라면 누구나 한 번에 의미를 파악할 수 있을 정도의 뚜렷한 의미와 간결함이 담겨있기 때문이다. 그러나 영어 번역인 '해석'은 꿈을 명확하게 설명하고자 하는 의미를 담고 있기에 애초에 잘못된 번역이라 할 수 있다. 이 단어는 너무 많은 것을 약속하고 있고, 꿈의 모호한 특성을 인정하지 않는 것처럼 보인다. 조금 어색하긴 하지만, '꿈의 의미 탐구A Search for the Meaning of Dreams'나 '꿈의 의미 조사An Inquiry into the Meaning of Dreams'와 같은 제목이 프로이트가 전달하고자 한 바와 조금 더 가까울 것이다.

프로이트는 꿈에 관한 책을 발행한 직후 경험한 환상에 관해 자신의 친구 플리스에게 편지를 보낸다. 그 환상은 대리석 명판이 그가 처음으로 꿈의 의미를 이해하는 장소를 표시해준다는 내용이었다. 그 대리석 명판에는 이런 글이 있다. '1895년 7월 24일, 여기에서 꿈의 비밀이 지그문트 프로이트 박사에게 나타나다.' 이 환상을 기반으로 프로이트는 자신의 책 제목을 '꿈의 비밀The Secret of Dreams'이라고 할 수도 있었을 것이다. 그러나 그는 제목에 비밀이라는 말을 사용하지 않았다. 대신 시작을 암시하는 제목을 선택하여 자신의 책이 해몽에 관한 고대 유사과학을 다룬다는 인상을 주면서, 또 다른 고대 유사과학인 점성술을 연상할 수 있도록 했다. 그러나 영어 제목은 프로이트가 꿈에 관한 확정적인 논문을 발표했다는 인상을 심어주며 점성술에 대한 연상은 불러일으키지 못한다. 따라서 번역된 제목은 우주의 진정한 본성에 대한 발견과, 영혼의 참된 내적 세계에 대한 발견 간의 유사점을 암시하지 못하는 제목이 되었다.

X

프로이트가 사용한 개념어를 잘못 번역한 것 중에서 그의 인본주의적 관점에 관한 이해를 가장 심각하게 훼손한 것은 영혼die Seele에 관한 언급을 삭제한 것이다. 프로이트는 매우 빈번하게 영혼의 이미지를 사용하고 있는데, 이는 특히 자신의 체계에 관한 넓은 관점을 제공하고자 하는 결정적 구절에서 자주 나타난다. 예를 들어, 〈꿈의 해석〉에서 꿈의 기원을 논하며 그는 "꿈은 우리 자신의 영혼이 활동한 결과이다dass der Traum ein Ergebnis unserer eigenen Sellen-tätigkeit"라고 말한다. 그리고 〈비전문가의 분석에 대한 질의〉에서는 프시케의 작용을 개념화하며 무의식과 의식을 구분하고 '그것'과 '나', Über-Ich의 기능을 구분하는데, 여기서도 '영혼'이라는 용어는 다른 모든 것을 아우르는 대단히 중요한 개념으로서 사용하고 있다.

프로이트가 인간의 영혼에 대해 이야기하는 것은 자연스러운 일이다.

프로이트는 영혼, 그리고 그와 관련된 모든 이미지를 불러일으켜 보편적인 인간성을 설명한다. 하지만 불행하게도 번역판은 이런 결정적 구절들조차 프로이트가 우리의 사고와 지성에 대해 말하고 있다고 믿도록 만들었다. 이는 우리의 지적인 삶이 정서적인 삶으로부터 떨어져 있거나 심지어 반대되어 있다고 오해하게 만든다. 정서적인 삶은 우리의 꿈과 환상의 삶이다. 당연하게도 심리분석의 목표는 이런 정서적인 삶을 지적인 삶과 통합하는 것이다.

프로이트는 다양한 곳에서 '영혼의 구조die Struktur des sellischen Apparats'와 '영혼의 조직die seelische Organisation'에 관해 말했다. 이 용어는 거의 언제나 '정신구조' 혹은 '정신조직'으로 번역된다. 이는 특히 잘못된 번역이다. 독일에서 Seele와 seelisch는 오늘날 미국인이 쓰는 영혼soul보다 더욱 명확하게 영적인 의미를 지니기 때문이다. 번역자들이 영혼을 대체하여 사용한 '정신mental'이라는 단어는 geistig라는 독일어와 같은 말이다. 이는 '마음의mind' 혹은 '지성의'라는 뜻이다. 만약 프로이트가 영혼이 아닌 geistig를 의미하고자 했다면 굳이 다른 단어를 썼을 이유가 없다.

몇 가지 예를 살펴보자. 프로이트는 〈새로운 심리분석 강의〉 중 '심리성격의 분석'이라는 장에서 '나', '그것', Über-Ich에 대해 이야기하며 이들을 '영혼 기구의 세 지역die drei Provinzen des seelischen Apparats'이라고 제시하고 있다. 표준판에서는 이 구절을 '정신 기구의 세 지역'으로 번역하고 있다. 더 나아가 프로이트는 이 챕터에서 'die Strukturverhältnisse der

당신이 잃어버린 프로이트

seelischen Persönlichkeit'라고 언급한다. 이는 분명 번역하기 어려운 구절이지만, 문자 그대로 표현하자면 '영혼의 성격'이다. 아마 프로이트가 전하고자 한 의미를 가장 잘 전달하는 번역은 '가장 사적인 성격 혹은 영혼의 구조적 관계'일 것이다. 〈새로운 심리분석 강의〉 첫 장에서, 프로이트는 우리 영혼 안에서 벌어지는 과정을 지배하는 갈등을 말하고 있다. "당신은 알고 있습니다 … 소외된 (그래서 부정확한)무의식과, 의식이라는 두 심리 기관 사이에서 벌어지는 갈등이 우리 영혼의 삶을 지배합니다Sie wissen … dass der Konflikt zweier psychischer Instanzen, die wir-ungenau-als das unbewusst Verdrängte und das Bewusste bezeichnen, überhaupt unser Seelenleben beherrscht." 번역본은 '우리 영혼의 삶을 지배합니다'는 부분을 '우리의 정신적 삶 전체를 지배합니다'로 옮겼다. 프로이트는 "영혼의 삶에 대한 과학을 사랑하는 이라면 누구든지wer die Wissenschaft vom Seelenleben liebt"라고 언급하며 〈새로운 심리분석 강의〉의 서문을 마친다. 이 말은 그가 이 책을 누구를 위해 썼는지를 보여준다. 번역자들이 이를 고려했다면 이 문장을 '심리분석을 사랑하는 이라면 누구든지'나 '심리학을 사랑하는 이라면 누구든지'로 번역할 수 있었을 것이다. 그러나 영문판은 이를 "정신적 삶에 대한 과학에 관심있는 이라면 누구든지"로 번역했다.

표준판은 (다른 초기 영역본처럼) 프로이트의 영혼에 대한 언급을 누락시키거나, 그가 오직 인간의 마음에 관한 이야기만을 한 것처럼 번역하고 있다. 〈낯익은 섬뜩함The 'Uncanny', 1919〉라는 논문의 '영혼의 무의식 속에서_{im seelischen Unbewussten}'이라는 프로이트의 표현은, '마음의 무의식 속에서'로 번역되었고, 같은 문장에서 '영혼 삶의 특정한 측면_{gewisse Seiten des Seelenlebens}'은 '마음의 특정 측면'으로 표현되었다.

프로이트는 자신의 체계를 이해하려면 영혼의 관점으로 생각하는 것이 중요하다는 신념을 놓은 적이 없다. 영혼의 관점으로 생각하지 않으면, 모든 개념을 그가 의미하고자 하는 바와 똑같이 이해할 수 없었기 때문이었다. 프로이트가 'seelisch'라고 말한 것은 '영혼'을 의미하는 것이지 '마음'이 아니다. 이는 의심의 여지도 없이 확실하다. 그는 일찍이 1905년에 〈심리치료(영혼의 치료)〉라는 제목의 논문을 다음과 같은 말로 시작했다.

'프시케'는 그리스어이며 독일어 번역은 '영혼'이다. 이런 이유로 심리치료는 '영혼의 치료'를 의미한다. 따라서 어떤 이는 심리치료가 의미하는 것이 영혼에 발생한 병리적 현상을 치료하는 것이라고 생각할 수 있다. 그러나 이는 심리치료의 의미가 아니다. 심리치료는 영혼으로부터의 치료, 영혼에 직접적으로 작용하여 정신적이고 신체적인 장애를 치료하는 것을 말한다.

Psyche ist ein griechisches Wort und lautet in deutscher Übersetzung Seele. Psychische Behandlung heisst demnach Seelenbehandlung. Man könnte also meinen, dass darunter verstanden wird: Behandlung der krankhaften

Erscheinungen des Seelenlebens. Dies ist aber nicht die Bedeutung diese Wortes. Psychische Behandlung will besagen: Behandlung von der Seele aus, Behandlung-seelischer oder körperlicher Störungen-mit Mitteln, welche zunächst und unmittelbar auf das Seelische des Menschen einwirken.

표준판에서 이 논문의 제목은 〈심리(혹은 정신)치료〉로, 그리고 위의 말은 이렇게 번역되었다.

'프시케'는 그리스어이며 '마음'으로 번역될 수 있다. 따라서 '심리치료'는 '정신치료'를 의미한다. 그런 이유로 이 용어는 '정신적 삶에서의 병적인 현상의 치료'로 정의된다고 가정할 수 있다. 그러나, 이는 심리치료의 의미가 아니다. '심리치료'는 오히려 마음 속에서 시작하는 치료를 가리키며, (정신이든 신체장애이든)치료는 인간 마음에 우선적이고 즉각적으로 작용하는 방법을 뜻한다.

번역자들은 이 책의 각주에서 Seele를 "영어의 'mind'보다 그리스어의 'psyche'에 더 가까운 단어"라고 설명하고 있다. 그러나 이 설명은 Seele가 영어 '마음mind'이 아니라 '영혼soul'이라는 정확한 설명을 하지 못했다. 결과적으로 이 각주 역시 프로이트의 명확한 진술을 왜곡하는 역할을 했을 뿐이다.

1938년에 집필되어 프로이트 사후인 1940년에 출간된 〈심리분석 개요An Outline of Psychoanalysis〉에서, 프로이트는 자신이 평생을 바쳐 인간의 영혼 세계를 가능한 온전히 이해해보려고 노력했음을 강조했다. 그는 반복적으로 '나'는 프시케, 혹은 영혼의 한 측면일 뿐이며 '그것'과 Über-Ich로부터 분리된다고 말했다. 아마 그는 이 때 이 개념을 분명히 하는 것이 중요하다고 생각했던 것으로 보인다. 그가 말한 '나'는 우리의 의식적인 삶과 연결된 것이었고, 영혼의 세 기관과 무의식적 삶은 영혼과 연결된 것이었다. 그는 이렇게 쓰고 있다. "심리분석은 철학적 사고를 통해 기본적인 가정을 세우지만, 이를 정당화하는 것은 결과이다. 우리가 프시케 (영혼의 삶)라고 부르는 것에 대해 우리는 두 가지를 알고 있다Von dem, was wir unsere Psyche(Seelenleben) nennen, ist uns zweierlei bekannt." 이 말은 프로이트가 프시케와 영혼의 삶은 동일한 것이라고 생각했다는 사실을 분명히 해준다. 그러나 표준판은, 언제나 그렇듯, 영혼을 정신으로 번역했다. "우리가 프시케 (혹은 정신적 삶)라고 부르는 것에 대해 우리는 두 가지를 알고 있다."

프로이트는 〈심리분석 개요〉의 초기 원고인 〈심리분석 입문강의Some Elementary Lesson in Psycho-Analysis〉에서 "심리분석은 영혼과학에 헌정된 심리학의 일부이다Die Psychoanalyse ist ein Stück der Seelenkunde der Psychologie"라고 말했다. 프로이트에게 심리학은 광범위한 분야이면서 영혼과학의 부분이다. 그리고 심리분석은 영혼과학의 특수 분과이다. 이보다 더 심리분석이 본질적으로 인간의 영혼과 관련되어 있다고 강력히 주장하는 진술을 생각해내기는 어렵다. 그러나 표준판은 이를 "심리분석은 심리과학의 정신과

당신이 잃어버린 프로이트

학 중 한 부분이다" 라고 번역했다.

심리분석을 의학의 전문분야로 보고자 하는 소망 때문이 아니라면, 영혼에 관한 프로이트의 언급을 변형할 이유가 전혀 없다. 당연히 영역본 역자들이 이를 오해석할 이유도 전혀 없다. 〈간편 옥스포드 영어사전The Shorter Oxford English Dictionary〉의 '영혼'이라는 단어에 대한 처음 세 가지 정의는 프로이트가 마음에 품고 있던 바를 매우 잘 표현하고 있다. 첫 번째 정의인 '인간 삶의 원칙'은 조금 낡은 해석일 수 있지만, 이해를 돕는 의미로 받아들일 수 있다. 두 번째와 세 번째 정의인 '순수히 물리적인 것과 대비되는 인간의 영적인 부분', '인간 본성의 정서적 부분'은 심리분석에서 사용하는 영혼이라는 의미를 이해하는데 적절하다. 미국에서 '영혼'은 거의 종교계서만 사용되는 경향이 있지만, 프로이트가 살던 비엔나에서는 그렇지 않았고, 오늘날 독일어권 국가들에서도 그렇지 않다. 독일어에서 Seele라는 단어는 인간 본성에 대한 온전한 의미를 지니고 있으며, 인간에게 있어 가장 영적이고 가치 있는 것이다. 그렇기에 Seele는 이런 의미로 번역되었어야만 했다.

프로이트는 인간의 영혼을 인간의 본질과 관련되어 있는 것, 또는 본질을 형성하는 것이라 생각했지만, 번역자들은 이를 인간의 사고와 추론의 영역을 담당하는 부분으로 완전히 격하시켜 버렸다. 그들은 무의식과 정서의 비합리의 세계인 '그것'을 무시했다. 프로이트는 geistig보다 Seele와 seelich를 사용했는데, 이는 geistig가 마음의 이성적인 면, 즉 우리가 의식하는 면을 주로 언급하기 때문이었다. 그러나 영혼은 우리가 의식적으로 알고 있지 못하는 것 대부분을 분명히 포함하고 있다. 프로이트는 심리분석을 통해 인간은 신체와 지성만 가진 존재가 아님을, 특히 살아있는 인간 영혼은 광대한 부분을 형성하는 무의식, 암흑 세계와 관련되어 있다는 것을 밝히고자 했다. 고전적인 용어로 이야기하자면, 심리분석은 고대 신화에 나오는 알려지지 않은 지하세계netherworld에 있는 인간 영혼에 대한 탐구이다.

프로이트는 그의 글 어디에서도 '영혼'이란 용어의 정확한 정의를 내리지 않는다. 아마 그는 부정확성과 정서적 울림 때문에 '영혼'이란 용어를 선택했을 것이다. 영혼의 모호성은 프시케 자체의 특성을 말해주며, 다름으로 인해 서로 전쟁을 벌이는 의식의 수준들을 동시에 반영하고 있다. 이런 용어를 임상적으로 정의하고자 하는 시도는(영역본 역자들은 이런 정의를 분명 대환영 하겠지만) 프로이트의 생각을 표현해줄 수 있는 용어의 값어치를 빼앗아갈 지도 모른다.

그러나 프로이트가 영혼에 관해 이야기한 것은 종교적인 것이 아니라 심리학적 개념이라는 것은 명확히 할 필요가 있다. 영혼 역시 은유이다. 프로이트가 무신론자라는 사실은 잘 알려져 있으며, 그는 이를 주장하기 위해 노력해왔다. 영혼에 관한 그의 생각 중 초자연적인 것은 아무것도 없으며, 신비와도 아무런 관련이 없다. 우리가 죽고 난 뒤 지속되는 것은 떠난 우리에 대한 살아있는 이들의 기억이며, 이 기억은 우리가 삶으로 만들어낸 것이다. 프로이트에게 '영혼'이나 '프시케'는 살아있는 동안 가장 가치있는 것을 의미한다. 프로이트는 열정적인 사람이었다. 그에게 영혼은 생각과 열정을 쏟아내도록 하는 것이었다. 우리는 영혼을 거의 의식하지 못한다. 이는 깊이 감춰져 있으며, 세심한 연구에도 불구하고 접근하기 어렵다. 영혼은 형태가 없지만 그럼에도 우리 삶에 강력한 영향을 미친다. 영혼은 인간을 인간답게 만드는 것이다. 사실, 영혼은 본질적으로 매우 인간적인 것이라 다른 어떤 용어로도 프로이트가 생각했던 바를 똑같이 전달할 수 없을 것이다.

XI

이전에도 프로이트 저서 영역본의 오류를 지적한 이들이 있기는 하지만, 그 수가 매우 적으며, 있더라도 아주 짧은 언급 정도만 할 뿐이다. 에드워드 바이스Edward Weiss는 〈심리역동의 원리Principles of Psychodynamics, 1950〉라는 자신의 책에서 이렇게 언급한다. " … 개인의 마음뿐만 아니라 신체는 '나' 안에서 경험되며, 어떤 것도 '자아' 안에서는 경험되지 않는다!" 막스 슈어Max Schur는 〈프로이트: 삶과 죽음Freud: Living and Dying, 1972〉이란 책에서 오역들을 다루고 있으며, 몇 가지는 이 책에서 인용하기도 했다. 루이스 브란트Lewis J. Brandt는 비록 짧기는 하나 〈영어권 프로이트 이론 용어에 대한 몇 가지 참고사항Some Notes on English Freudian Terminology〉[20]이라는 논문

---

20 Journal of the American Psychoanalytic Association, 1961

을 통해 이 주제를 다룬다. 그리고 H. 프랭크 브룰H. Frank Brull도 〈지그문트 프로이트의 일부 번역에 대한 재검토A Reconsideration of Some Translations of Sigmund Freud〉[21]라는 논문에서 같은 주제를 다루었는데, 그는 영혼에 대한 프로이트의 언급을 잘못 번역한 책임이 번역자에게 있다고 한 거의 유일한 사람이다. 프로이트의 동료이자 전기작가인 어니스트 존스는, 몇 가지 번역은 "심각할 정도로 부정확할 뿐만 아니라 프로이트의 문체라고는 할 수 없어서 그의 성격에 대해 잘못된 인상을 심어주게 한다"고 말했다. 그에 의하면, 자신이 프로이트에게 그의 저서가 영어권 세계에 더 걸맞는 형태로 소개되지 않아 유감이라고 이야기하자, 프로이트는 "나는 좋은 번역자보다는 좋은 친구가 있었으면 합니다"라고 대답했다고 한다.

프로이트는 자신의 저서가 어떻게 영어로 오역되고 있었는지에는 관심이 없었다. 이는 미국적인 것을 향한 그의 일반적인 반감animus으로 설명할 수 있을 것이다. 그의 이러한 반감은 심리분석을 의학의 전문분야로 생각하는 미국인들의 고집으로 인해 분명 점점 더 커지고 있었다. 프로이트가 어니스트 존스에게 "미국은 거대하죠. 그렇지만 거대한 실수입니다"라고 말한 것은 그의 부정적인 감정을 가장 선명하게 보여준다. 프로이트가 왜 이런 말을 했는지, 그 이유가 무엇인지 우리는 확신할 수는 없지만, 그 이유를 알지 못한다 하더라도 프로이트는 미국인들이 몰두하

---

21 Psychotherapy: Theory, Research and Practice, 12, 1975

고 있는 물질주의와 기술적 성취에서 이런 인상을 받은 것이 틀림없다. 물질주의와 기술적 성취는 문화적이고 영적이라고도 말할 수 있는 가치들을 빼버렸다. 하지만 이는 프로이트에게 있어 가장 중요한 가치였다.

〈심리분석 개요〉 중 '심리적 자질'이라는 챕터에서, 프로이트는 이렇게 썼다. "이 연구의 시작점은 모든 설명이나 묘사를 거부하는, 부정할 수 없는 사실인 의식이다. 만일 누군가가 의식에 대해 말한다면 우리는 그 즉시, 우리의 가장 개인적인 경험을 통해 그것이 무엇을 의미하는지 알게 된다." 그는 이 문장에 글에서나 맥락 상에서나 필요하지 않은 이런 각주를 붙였다. "미국에서 시작된 행동주의 신조와 같은 극단적인 사상은 이러한 근본적인 사실을 무시하는 심리학을 세우는 것이 가능하다고 믿게 한다!"

프로이트는 의식 현상을 부정하는 문명에 질려 있었다. 또한 그는 미국에 퍼져있는 얄팍한 낙관주의에 적잖이 놀랐는데, 이 낙관주의가 자신의 비극적이고 비관적인 인생관과는 뚜렷한 대조를 이루고 있었기 때문이다. 만약 프로이트가 미국에 대한 반감을 가장 강력한 표현으로 말했다면 '미국에는 영혼이 결여되어 있다'고 말할 것이다.

프로이트는 실제로 이 생각을 〈문명과 불만족〉에서 표현할 뻔 했다. 책에서 그는 '군중의 심리적 비참함das psychologische Elend der Masse'이라고 부를 수 있는 상태가 발생할지도 모른다고 경고하며 이런 말을 더했다. "현재 미국의 문화상태는 문화에 미치는 공포스러운 피해에 대해 연구해볼

좋은 기회를 준다. 그러나 나는 미국 문화를 비판하려는 유혹을 피하고
자 한다. 내가 미국식 방법을 직접 사용하길 원한다는 인상을 주고 싶지
않기 때문이다." 프로이트가 말한 '미국식 방법'이 무엇인지는 알 수 없
다. 그러나 그는 분명히 미국의 문화상태가 심리적 비참함을 유발한다고
생각했다.

이 문장의 영어 번역은 프로이트가 한 말의 힘을 상당히 약화시키는
오역 중 하나이다. 독일어 Elend는 '비참함' 혹은 '참담함'을 의미하지
만, 표준판에서는 이 구절을 '집단의 심리적 빈곤'이라고 번역하고 있다.
(Masse의 오역인 '집단'은 다른 곳에서도 나타나며 이는 뒤에서 다루도록 한다.) 독일어에서 '빈곤
poverty'은 Armut이지, Elend가 아니다. 물론 극단적 빈곤함이 비참함이나
참담함을 유발하지만, 그렇다고 해서 이 두 단어가 같은 뜻이 되는 것은
아니다. 프로이트는 참담한 상태를 마음에 투영하여 이 단어를 사용했
다. 그러나 영어 번역은 프로이트가 심리적인 고갈을 말하고 있다는 것
외에 다른 해석을 허용하지 않는다. 이렇게 '비참함'이나 '참담함'과 같
이 강한 정서적 반응을 불러일으키는 단어는 객관적인 사실을 가리키는
것으로 생각되기 쉬운 다른 단어로 대체되었다.

이런 번역 경향은 프로이트의 심리학 저서 번역뿐 아니라 그의 편지
번역에도 영향을 미쳐, 편지를 통해 알 수 있는 프로이트라는 사람의 이
미지를 손상시켰다. 예를 들어, 프로이트는 빌헬름 플리스에게 보내는
편지에서 어린 시절 친구와 함께 어린 조카를 잔인하게 다뤘던 이야기를

썼다. 여기서 사용한 '잔인하게grausam'라는 단어는 '충격적으로shockingly'라고 번역되었다. 어린 소녀를 잔인하게 다루는 것은 충격적인 일이다. 그러나 이 번역은 행동의 원인이 되는 격정을 드러내던 단어를 행동에 관한 도덕적 판단으로 대체했다. 원문은 관련된 정서에 대한 분명한 느낌을 담고 있지만, 번역된 결과는 그렇지 않았다. 절제된 표현으로 번역하는 것을 선호하는 경향은 프로이트가 본래 전하고자 했던 의미를 약화시키고 진술의 정서적 효과를 박탈하여 그의 말을 이해할 수 없게 만든다. 또 다른 사례는 프로이트가 재앙Unheil에 대해 얘기한 부분에서도 찾을 수 있다. 영어 번역은 재앙을 '문제trouble'로 축소시켰다.

XII

프로이트의 저서 중 〈일상생활의 정신병리학The Psychopathology of Everyday Life, 1901〉은 많은 반응을 불러 일으켰으며, 현재까지도 널리 알려진 책이다. 이 책에서 프로이트는 우리가 왜 말과 글, 행동 등에서 실수를 하는지 이야기한다. 그런데 그가 사용한 예시가 대개 언어유희와 관련된 것이기 때문에 이 자체로도 이미 번역이 어렵다. 그렇다보니 이 언어유희로 풀어내는 실수를 저지르게 만드는 잠재의식적 동기에 대한 설명을 번역하는 것도 결코 쉬운 일은 아니었을 것이다. 그러므로 이 책의 번역 문제는 번역자들의 부족함이 아니다. 다만, 할 수 있는 만큼 실수를 피하려는 노력은 했어야 했다. 바로 이 책의 주제가, 번역가 자신의 잠재의식적인 동기가 오역하고자 하는 경향으로 표출되는 것과 같은 상황을 말하는 것이기 때문이다.

이 책의 제목은 첫 단어를 제외하고는 제대로 번역되었다. 영어 제목에 맞게 독일어 제목을 다시 쓴다면 Die Psychopathologie des Alltagslebens가 된다. 이는 간결하고, 솔직하며, 자연스럽고 예리한, 좋은 독일어 제목이다. 하지만 이는 프로이트가 지은 제목과 다르다. 프로이트가 쓴 제목은 Zur Psychopathologie des Alltagslebens였다. 독일어에서 zur는 흔히 '~에 대하여zu der'의 축약어로 쓰인다. 맥락상 zur는 '~에 대한 기고'나 '~에 대한 의견'과 같은 구절을 생략하는 표현이다. 그렇기에 이에 대응하는 가장 좋은 번역은 '~에 대하여on the ~'이다. 이를 적용하여 제목을 번역한다면 '일상생활의 정신병리에 대하여On the Psychopathology of Everyday Life'가 될 것이며, 이는 완벽하게 좋은 영어 제목이다. 아마도 번역자들은 단순하고 직접적인, 비록 'The'가 'On the'보다 아주 짧다고 보긴 어렵지만, 가능한 한 짧은 제목을 원했던 것 같다. 그러나 번역자들의 동기가 그랬다 할지라도 '망각, 말실수, 서툰 행동, 미신, 실수에 대하여Über Vergessen, Versprechen, Vergreifen, Aberglaube und Irrtum'라는 부제에서도 같은 오역을 반복하는 것은 그들이 단순히 짧은 제목을 원했기 때문이라고 보기는 어렵다. 번역자들이 부제의 첫 단어를 아예 누락시켰기 때문이다. 프로이트는 책 제목에 zur이 아닌 über(about)를 쓸 수도 있었다. 하지만 그는 제목에는 zur, 부제에는 über를 사용하여 이 책은 주제에 '관한' 내용을 담고 있는 것일 뿐, 어떤 증명을 위한 글이 아니라는 것을 명확하게 했다.

그러나 영어 제목과 부제는 프로이트가 주저함을 내보이는 곳에서 오히려 명확성을 주장한다. 하지만 프로이트는 이런 주저함을 드러냄으로써 독자가 그의 설명을 더 쉽게 이해할 수 있도록 도우며, 프로이트의 접근을 더 가까이 느낄 수 있도록 했다. 이 책을 읽는 독자는 책을 읽으면서 책이 말하는 문제를 해결하려는 노력이 쉽지 않다는 것을 알게된다. 그렇기에 프로이트는 먼저 제목에서 문제 해결이 어렵다고 해서 즉각 포기할 필요가 없음을 말하고 있는 것이다. 결과적으로 독자는 자신이 읽고 있는 것을 더 정서적으로 받아들일 수 있게 된다. 그러나 완전무결한 영어 제목과 부제는 저자와 독자 사이의 이러한 정서적 유대감을 쌓는 것을 실패하게 만든다. 번역자들은 프로이트의 말을 원래 뜻하는 바보다 훨씬 더 명확하고 단정적인 것처럼 만들었다. 프로이트가 on과 about을 통해 전달하고자 했던 것은 그가 자주 말했던 의미이다. 그는 한 대담에서 "심리분석적 발견과 이론의 타당성이 명확하게 성립된다는 것은 틀린 가정이다. 심리분석은 여전히 시작 단계이고, 많은 연구가 필요하며, 반복 검증과 확인이 필요하다[22]."라고 말했다. 특히 이 책은 우리가 하는 실수를 다루며, 이런 실수는 우리의 지식이나 기술이 부족해서가 아니라 무의식적인 과정의 간섭 때문에 발생하는 것이기에 이를 이해하기 위해서는 주저함과 불확실성이 필요하다. 프로이트가 말한 것처럼, 실수를

---

22 Martin W. Peck : "A Brief Visit with Freud." Psychoanalytic Quarterly, IX, 1940.

저지르게 만드는 기저의 원인을 전부 다 아는 것은 불가능하다. 무의식 자체가 대단히 다양하고 수많은 층으로 이루어져 있으며, 굉장히 혼란스럽고, 애매모호하며, 불분명하기 때문이다.

프로이트는 부제에서 다섯 가지를 언급한다. 이는 무의식이 우리에게 장난을 걸 때 발생할 수 있는 오류들로, 프로이트는 이를 사례에 따라 나누고 있다. 영문판은 그 중 세 가지를 망각forgetting, 미신superstitions, 실수error로 옮겼는데, 이는 원문의 의미와 가깝다. 그러나 혀의 잘못Slips of the tongue[23]이라는 번역어는 Versprechen의 번역으로 볼 수 있긴 하지만, 잘못이 혀 그 자체의 책임인 것 같은 느낌을 준다. 이에 대한 번역어는 실수lapse였다면 좋았을 것이다. 옥스포드 영어사전에 따르면 '실수'는 '기억, 말, 혹은 글에 있어서의 사소한 잘못'이다. 프로이트 자신도 lapse의 기원인 lapsus[24]를 어떤 사례를 설명하기 위한 용어로 쓰기도 했다. Versprechen을 '실수'라고 번역하면 또 다른 이점이 있을 수 있는데, 이를 통해 실수가 더 높은 기준(우리의 경우에는, 의식)으로부터 떨어지는 것과 같은 부가적인 의미를 연상시킬 수 있기 때문이다. 확실히 '혀의 잘못'이라는 번역어는 이상적인 번역은 아니다. 사람들이 '혀의 잘못'이나 '프로이트식 혀의 잘못'보다는 '프로이트식 잘못'이라는 말을 더 많이 쓴다는 것

---

23 한국에서는 '말실수'라고 번역하나, 다른 용어들과의 명확한 차이를 위해 문자 그대로 번역하였다. (역주)

24 미끄러지다, 떨어지다, 실수라는 뜻. (역주)

당신이 잃어버린 프로이트

만 봐도 알 수 있다.

프로이트가 Vergessen, Versprechen, Vergreifen처럼 'ver-(mis-)'라는 동일한 접두사를 가진 단어들을 사용하여 이 책의 주요 주제들을 하나로 묶었던 것을 번역자들이 살려냈다면 좋았을 것이다. 프로이트가 이렇게 용어를 사용한 이유는 자신이 나열한 세 가지 사례 모두 동일한 일이 동일한 원인으로 인해 엉망이 되어버린다는 것을 분명히 보여주기 때문이다. 세 가지 사례 모두 의식적으로 성취하기를 바라는 것에 무의식이 간섭하는 것을 다룬다.

독일어 vergreifen에 가장 가까운 영어 동사는 mishandle이다. 이 단어는 독일어 단어와 정확히 같은 의미를 함축하고 있다. 독일어 greifen과 영어 handle은 모두 '손에 쥔다'는 의미가 있는데, 그렇기에 부정 접두사가 붙은 vergreifen과 mishandle 모두는 무언가를 잘못된 방식으로 다룬다는 중요한 함의를 공유하고 있다. 프로이트는 Vergreifen의 예로, 자신이 무의식적 이유에 의해 어떻게 대상을 잘못 다루게 되었는지 보여주었다. 프로이트는 자신이 슬리퍼를 차버려서 비너스 대리석 조각상이 부서진 일을 말하며, 이 사건은 자신이 사랑했던 사람의 회복을 축하하기 위해 값진 물건을 희생하고 싶었던 무의식적 목적에서 비롯된 것이라고 설명하였다. 이는 엉망이라거나 서투른 것과는 거리가 먼 행동이며, 오히려 정교한 무의식적 행위인 것이다. 또한 대상을 잘못 다루는 것은 두 가지 의미와 긴밀하게 연결되어 있는데, 무언가(슬리퍼)를 잘못된 방식으로 다루어 대상(조각상)을 오용하는 것이다. 프로이트는 이와 유사한 방식으로 자신이 스스로 이집트 토우(土偶)를 부순 일에 관하여 이야기한다. 그는 이 행동이 작은 손실을 통해 커다란 손실을 막고자 했던 자신의 무의식적인 소망에서 비롯된 것이라 설명했다. 그러므로 Vergreifen를 '서투른 행동bungled action'이라고 번역하는 것은 옳은 번역이 아니다. 이 행동들은 전혀 서툴지 않은 것이며, 오히려 무의식적 사고, 욕구 혹은 욕망을 물리적으로 매우 영리하게 표현한 것이었기 때문이다. 또한 이 번역은 만약 그 행동이 의도적이었다고 해도 어설프게 실행되었다는 인상을 주기에 더욱 원래의 의미와 빗나갔다. 실제 의식적으로 의도된 행동은 아무것도 없었기 때문이다. 결과적으로 이 번역은 프로이트가 사용한 단어의 정확한 의미를 전달하는 데에 실패했을 뿐만 아니라, 이러한 행동이 비의도적인 동시에 매우 교묘하며 목표지향적이라는 생각을 하지 못하게 만들기 때문이며, Vergreifen과 mishandle이라는 단어 모두에 내재되어 있는 '오용'의 함의를 알아채지 못하도록 하기 때문이다.

다양한 유형의 실수를 지칭하는 번역어 자체보다 중요한 것은, 이 용어가 말하고자 하는 개념이 번역어에 제대로 담겼는지를 보는 것이다. 실수를 의미하는 단어 Fehlleistungen는 프로이트가 자신이 인식한 현상을 정의하기 위해 만들어낸 말로, 이는 매일 벌어지는 일상생활에서 우리의 무의식이 의식적 의도를 압도하는 다양한 상황에서 나타나는 공통적 현상을 말한다. 이 용어는 서로 반대되는 의미를 가진 두 가지 명사를 조합한 것으로, 이를 본 (독일어)독자들은 즉각적으로 어떤 느낌을 받을 수 있다. 단어를 구성하는 Leistung는 업적, 성취, 수행이라는 뜻인데, Fehl 이 붙음으로 인해 어떤 이유에서 성취가 실패했다는 의미가 부여된다. 오류로 인해 표적이 빗나간 것이다. 그렇기에 Fehlleistung는 진정한 '성취'이자 '실패'이다. 일반적으로 우리는 무언가가 성취해야 하는 것이 잘못되었다고 느낄때 실수를 인정한다. Fehlleistung는 이 두 가지 반응의 결합을 표현한다. 우리는 인정하면서 인정하지 못하고, 존경하면서 경멸하게 된다. 그렇기에 Fehlleistung는 추상적 개념 그 이상이다. 이 단어는 독일어 독자들에게 실수가 무의식적 과정의 결과가 사실을 주지시키는 동시에, 무의식적 과정이 보여주는 영리함과 기발함을 인정하도록 한다. 우리가 말실수를 했을 때를 생각해보자. 우리는 우리의 말이 잘못되었다고 느끼면서도 우리가 말한 게 맞다고도 느끼게 된다. 또, 약속을 잊어버린 경우에 그것이 잘못이라는 것은 알지만 어쩌면 그 약속을 피하고 싶어했을지도 모른다고 느낀다. 이런 맥락에서 본다면 Fehlleistung의 가장 좋은 번역은 '잘못된 성취faulty achievement'라고 할 수 있다. 그러나 표준판에서 Fehlleistung는 '실책행동parapraxis'으로 번역되었다.

'실책행동'이라는 단어가 처음으로 표준판에 나타난 건 〈일상생활의 정신병리학〉의 편집자 서문이다. 스트래치는 '실책행동'에 대한 프로이트의 첫 언급을 플리스에게 보낸 편지에서 찾아냈다고 소개하며, '실책행동'이란 단어에 대해 이런 각주를 달았다. "실책행동은 독일어로

'Fehlleistung', '잘못된 기능'이라는 의미이다. 프로이트가 이 책을 쓰기 전에는 이 개념이 심리학에 존재하지 않았던 것으로 보이며, 개념을 다루기 위해 새로운 단어를 만들었다는 것은 특이하다." 아니, 전혀 특이한 일이 아니다. 프로이트는 자신의 사상을 전달하기 위해 자주 새로운 개념을 창조해야 한다고 느꼈다. 또한 Fehlleistung는 새로운 단어이기는 하나, 잘 알려진 독일어 단어 두 가지를 조합한 것이다. 오히려 번역어로 선택한 'parapraxis'는 영어가 아니다.

Fehlleistung이 왜 '실책행동'인가? 영어 번역자는 왜 이해할 수 없는 그리스어 단어를 조합한 신조어를 만들어서 독자들이 짜증 외에는 어떤 정서도 느끼지 못하게 했을까? 영어 화자가 자발적으로 '이것은 parapraxis이다'라고 말하는 것은 불가능에 가깝다. 그러나 만약 교육받은 독일인이라면, 심리분석에 대해 잘 알지 못한다 하더라도 '이것은 Fehlleistung이다'라고 쉽게 말할 수 있을 것이다. 나는 이 나라에서 오랜 시간을 보내는 동안 미국 심리분석가가 '실책행동'이라는 단어를 일상 대화에서 사용하는 걸 한 번도 듣지 못했다. 이 단어는 오직 전문용어로만 사용되었으며, 그것도 아주 드물게, 그리고 언제나 환자에 대해 말할 때만 사용되었다. 결코 심리분석가 자신에 대해 말할 때는 이 단어가 사용되지 않았다. '실책행동'은 너무나 낯선 용어이기에 개인적 경험을 표현하기에는 거리감이 뚜렷하기 때문이다.

프로이트가 일상생활의 정신병리라고 불렀던 것에 대한 진정한 공감

당신이 잃어버린 프로이트

을 '실책행동'과 같은 단어가 방해한다는 건 참으로 불행한 일이다. 〈일상생활의 정신병리학〉은 다방면에서 가장 접근하기 쉬운 저작이고, 심리분석에 대한 입문서로도 가장 좋은 책이기 때문이다. 프로이트 자신도 이 책을 그렇게 생각했다. 그는 〈심리분석 강의〉의 첫 네 챕터를 Fehlleistung 논의에 할애했다. '잘못된 성취'는 자신의 경험을 바탕으로 하는 친숙한 행동유형을 통해 심리분석의 기본적 이해를 얻을 수 있도록 도와주기 때문이다. 이를 통해 우리는 심리분석을 더 잘 이해할 수 있게 된다.

XIII

프로이트가 세심하게 선택한 언어를 오히려 더 어려운 단어로 바꾼 경우는 '실책행동' 외에 더 있다. 미국 심리분석가들이 '부착_{cathexis}'이라고 부르는 것은 독일어로는 besetzen이라는 동사, Besetzung이라는 명사이다. 프로이트는 이 말을 단순히 '점령하다_{to occupy}', '점령_{occupation}'이라는 뜻으로 사용했다. 그가 말하고자 했던 의미는 일정량의 심리 에너지가 생각, 사람, 물건에 주둔하고 있는 상태였다. Besetzung의 보편적인 용법 중 하나가 군대에 의한 점거라는 의미라는 것을 생각해보면 이 표현은 어떤 힘에 의해 점령당한 상태를 말하는 것이다.

프로이트는 가능하다면 비밀스러운 전문용어를 피하려고 했다. 어려운 용어는 실제 의미와 다르게 잘못 사용되기 쉬운데, 심리분석은 우리가 모르는 것을 정확히 짚어서 숨겨진 생각을 인식하게 하고, 보편적인 이해를 이끌어내는 것이기 때문이었다. 번역을 위해 사용된 외래어는 일상 언어가 아니기 때문에 일상 경험의 영역을 벗어난 이질적인 문제를 다룬다는 인상을 준다. '부착'에 관한 번역된 설명을 읽다보면, 이것이 다른 사람에게 벌어질 수 있는 조금 특이한 심리적 작용이라는 인상을 받게 된다. 하지만 이를 확신할 수도 없다. 단어가 주는 이질감으로 인해 이 말이 의미하는 바가 자신에게도 적용되는지를 알 수 없기 때문이다. 만약 어떤 개념이 주는 느낌이 자기자신이나 다른 사람들의 삶에서 벌어지는 일과 관련되어 있다고 느낀다면, 이를 일상적으로 사용하는 언어를 통해 표현할 수 있을 것이라는 생각이 들 것이다. 매우 타당한 생각이다.

대부분의 경우, 번역자들이 의도를 가지고 다른 단어를 쓰고자 하지 않았다면 프로이트의 말을 옮기기에 적절한 영어 단어들을 사용할 수 있었을 것이다. 웹스터 사전과 옥스포드 사전 모두에서 '부여하다to invest'라는 영어 동사는 '힘, 특권, 혹은 권위를 제공하다to furnish with power, privilege, or authority'라는 뜻으로 정의되는데, 이는 심리 에너지가 무언가에 머물 때 일어나는 일에 대한 정확한 설명이다. 그리고 이렇게 심리 에너지에 점령당한 그 무언가는 우리의 나머지 심리기능에 권위와 힘(부여된 에너지)을 행사한다.

'에너지를 충전하다to charge with energy'라는 영어 문장도 아마 그럴 것이다. 표준판에서 스트래치는 각주에 이렇게 쓰고 있다. "[부착에 해당하는] 독일어는 일상적으로 사용되며, 다른 수많은 의미 중 '점령occupation'

이나 '충전filling'과 같은 의미를 가지고 있다고 볼 수 있다. 불필요한 전문 용어를 좋아하지 않았던 프로이트는, 1922년 현재 편집자가 의미를 더욱 명확하게 하기 위해 '부착'(그리스어 catechein에서 비롯되었으며 점령하다라는 뜻)을 번역어로 제안했을 때 이에 불만을 표현했다."

프로이트가 생각한 Schaulust를 표현하기 위한 하나의 영어 단어를 찾아내는 건 분명 어려운 일이다. 이는 색탐lust 혹은 성욕sexual desire에 해당하는 독일어와 바라보기looking/viewing 혹은 응시하기contemplating에 해당하는 독일어를 결합한 말이다. '바라보는 것을 통한 성적 쾌락'이라는 해석이 프로이트가 말하고자 했던 의미에 가깝다. 어쩌면 영어의 lust가 독일어 Lust와 거의 동일하고, 명사와 동사 모두로 사용할 수 있는 더 큰 이점을 갖고 있기에, 이를 그대로 쓰는 것이 'sexual pleasure'로 풀어 쓰는 것보다 나을지도 모른다.

어쨌든 독자는 단어를 보는 것만으로도 Schaulust가 무엇을 의미하는지 쉽게 알 수 있다. 우리는 모두 무언가를 바라봄으로써 쾌감을 얻은 경험이 있고, 가끔 무엇인가를 보는 것에 수치심을 느끼기도 하거나, 보고 싶으면서 동시에 두려움을 느껴본 적이 있기 때문에 프로이트의 개념을 지적으로도 정서적으로도 이해하기 쉽다. 그러나 프로이트의 번역자들이 흉물스럽게 만들어내고 표준판에서 영구화한 '관음증scopophilia'은 독자들에게 이런 느낌을 전혀 전달할 수 없다.

프로이트의 사상을 이해하기 어려워진 이유가 단순히 번역자들이 쉽게 와닿지 않는 그리스어를 사용했기 때문만은 아니다. 번역자들은 보편적 영어 표현도 어렵게 사용했다. 정확하게 옮겨지지 않은 용어로 인해 심리분석이 일상적인 사건과 과정, 그리고 보통 사람들에 관한 이야기를 다루는 것이 아니라, 난해한 행동현상을 다루는 것처럼 보이게 만들었다.

프로이트가 Abwehr라고 쓴 단어는 '방어defense'로 번역되었다. 그러나 영어의 '방어'와 정확히 동일한 독일어 단어는 따로 있다. Verteidigung가 바로 영어의 '방어'이다. 프로이트가 Verteidigung 대신 Abwehr를 선택한 데에는 그럴만한 이유가 있었다. 우리는 '방어'에 대해 생각하거나 말할 때, 즉각적으로 우리가 방어해야 할 어떤 사람이나 대상과 같은 외부의 적을 떠올린다. '방어'를 말하면서 우리가 우리 자신으로부터 스스로를 지켜야한다는 생각을 하는 사람은 없다. 'defense', 'defender'는 보통 법정에서 쓰이는 용어이며, 독일어에서도 같은 의미를 가진 Verteidigung, Verteidiger를 사용한다. 이러한 용법만 보아도 우리는 '방어'를 외부의 적으로부터 우리 자신, 혹은 제3의 인물을 방어하는 것이라고 느끼게 된다.

그러나 Abwehr는 일상 독일어로, 이는 '슬쩍 피하다parrying/warding off'라는 뜻이다. 제임스 스트래치도 '방어'가 의문스러운 번역이라는 것을 모르지 않았다. 그는 표준판 서문 '설명이 필요한 몇 가지 전문용어에 관한 주석'에 다음과 같은 설명을 덧붙였다. "'방어'라는 번역은 독일어에 비해 더 수동적인 인상을 주지만 이 용어를 그대로 사용하기로 한다. 원어는 '받아넘기다to fend off'라는 의미에 더 가깝다."

웹스터 사전은 '방어'를 '방어하는 힘이나 행위'로, '방어하다'라는 단어는 '실제 공격이나 침입을 격퇴하려는 적극적인 노력을 말한다'라고 정의한다. 그러나 '받아넘기다'는 방어와는 달리 '슬쩍 피하다'로 정의된다. fend라는 단어가 defend, defense와 같은 어근을 갖고 있지만, 실제 의미의 결은 다른 것이다. 이와는 대조적으로 '슬쩍 피하다parry'라는 동사는 defense와 어원학적으로 전혀 다르며, '영리하고 회피적인 대답이나 말로써 받아넘기거나 피하여 벗어나다'라는 뜻이다. 이것이 프로이트가 마음에 품고 있던 의미와 가장 가까운 뜻인데, 그가 이를 설명하기 위해 언급했던 현상은 우리가 회피하고 싶어하는 무의식적 내용을 슬쩍 피하거나 벗어나기 위해 취하는 영리한 심리적 방법으로 구성되어 있기 때문이다. 'defense', 'defend'에 대한 웹스터 사전의 정의는 내적 심리 과정을 묘사하기 위해 이런 용어들을 사용하는 것에 관한 타당성을 제시하지 못한다. 사실 우리가 개인의 심리 내적 과정, 기분, 무의식적 사고 등으로부터 우리 자신을 보호하고자 할지라도, 그 방식은 적대적이지 않다. 그러나 '방어'라는 번역어는 우리가 '슬쩍 피해야 하는' 내적 과정을 외적인 것으로 보거나, 외부 사건에 대한 반응으로 보도록 만든다. '방어'라는 단어가 만든 최악의 오해는 반동형성reaction formations이나 부정denial과 같은 내적 과정을 자신의 바깥에 있는 낯선 무언가로 인식하도록 하고, 심지어 그런 이해를 부추긴다는 점이다. 누군가의 표면적인 생각이나 소망이 실제로는 정말 그것과 같지 않다는 것을 보여주는 것이 심리분석의 임무이다. 심리분석은 우리가 부정하거나 슬쩍 피해야 한다고 생각하는 낯선 무언가가 실제로는 우리 자신의 매우 의미있는 부분이며, 이것이 무엇인지 인식하여 성격으로 통합시키는 것이 우리에게 이득이 된다는 사실을 알게끔 만들고자 한다.

표준판 서문의 번역에 대한 주석에서 스트래치는 '억압_{repression}'으로 번역되는 용어인 Verdrängung에 관해서는 특별한 설명을 붙이지 않았다. 프로이트는 이 개념을 〈Die Verdrängung〉(1915)에서 소개했다. 그는 이 개념에 대해 '본질적으로 완전한 거절, 그리고 의식과 거리를 두는 것으로 구성된다'고 설명했는데, 이 말은 Verdrängung을 어떻게 번역해야 하는지 보여준다. repression과 Verdrängung의 중요한 차이점은, 독일어는 '내적 충동_{inner urge}'을 암시하고 있다는 것이다. Verdrängung은 Drang이라는 단어에서 비롯된 것으로, 두덴 사전은 이를 '강한 내적 동기에 항복하다'라는 예문을 통해 설명하고 있다. 따라서 Verdrängung은 내적 과정에 의한 몰아냄_{displacement}[25] 혹은 쫓아냄_{dislodgement}이다. 이 말에는 방향을 의미하는 속성이 없다.

아마 이것이 프로이트가 영어의 '억압'과 정확히 동일한 독일어인

---

25 국내에서는 대치, 전치로 번역되나 문맥 상 '쫓겨난 이동'이라는 뜻을 살리기 위해 몰아냄으로 번역하였다. (역주)

Unterdrückung(문자 그대로 '압착하다'라는 뜻)대신 Verdrängung를 사용한 이유일 것이다. Unterdrückung은 무언가가 다른 무엇을 밑으로 눌러버리는 것을 나타내며, Verdrängung과는 달리 내적 과정에 대한 함의가 없다. 영어의 '억압'과 Verdrängung의 번역어로 종종 사용되기도 하는 '억제suppression'도 방향을 암시한다. 심리분석을 다루는 경우가 아니라면, '억압'과 '억제'는 누군가가 다른 누군가 혹은 무언가에게 행하는 것으로 묘사되며, 개인 내적 과정에 관한 의미를 내포하지 않는다. 이 단어를 웹스터 사전에서 찾아보면 '아동을 억누르다to repress a child'와 '책 발행을 금하다to suppress a book'같은 예문이 나온다. 옥스포드 사전은 '억압'을 '어떤 이의 행동을 저지하다'라는 뜻으로 정의하고 있는데, 여기서 저지하는 대상은 자기자신이 아닌 다른 사람이다. Unterdrückung도 같은 뜻과 함의를 가지고 있다. Verdrängung을 '억압'으로 번역하는 것은 벌어지는 일을 프로이트가 의도한 것보다 더욱 물질적이고 자기자신의 바깥에 있는 무언가에 대항하는 쪽으로 보이게 만든다. Verdrängung, verdrängen의 적절한 번역은 '격퇴repulsion', '격퇴하다repulse'이다. 옥스포드 사전에 따르면, '격퇴'는 '물리치거나 몰아내거나 탈취하는 행동'이고 '격퇴하다'는 '몰아부치거나 물리치다, 쫓아버리거나 피하다, 애써 참다, 거부하다, 거절하다, 내쫓다'이다. 프로이트가 선택한 독일어 단어가 의미하는 것이 바로 이 의미와 같다.

마음 속에서 자연스럽게 떠오르는 것을 이야기하는 것을 영어에서는

'자유 연상free association'이라고 번역했다. 그러나 연상은 자유로울 수 없다. 연상은 언제나 무언가에 관련되어 있거나 조건화되어 있는 것이기에 '자유'할 수 없다. 그렇기에 여기 붙은 '자유'라는 형용사는 오해를 만든다. 또한 '연상'이라는 용어는 둘 또는 그 이상의 완전히 분리되어 보이는 사건들이 실은 상당히 밀접하게 연결되어 있다는 선험적인 가정을 수반하게 한다. 동사 '연상하다associate'를 '결합하다, 연결하다'라고 정의한 웹스터 사전은 이를 충분히 설명한다. 번역자들이 말한 것처럼 '자유 연상'을 제대로 하려면 두 가지 분리된 과정이 필요하다. 하나는 무언가가 자연스럽게 마음 속에 떠오르게 하는 과정이고, 또 하나는 떠오른 것을 직전의 자극과 통합하는 과정이다. 자유 연상은 이 두 과정을 하나로 통합하여 결과를 예측하는 것이어야 한다.

'자유 연상'으로 번역된 단어의 원래 독일어는 Einfall이다. 이는 누군가의 마음에 불현듯 떠오르는 생각을 뜻한다. Einfall은 개인적이지 않은 무언가를 말하는데, 누군가가 "그것이 내 마음에 떠올랐어"라고 말할 때의 그것이다. 이러한 진술을 통해 개인은 떠오른 '그것'을 자신의 '그것'과 연결시키는데, 이런 생각은 무의식으로부터 불현듯 나오는 것이다. 반면에 '연상'은 의식적인 과정이며, 의도적으로 개입하는 것이다.

누군가가 의식적으로 '자유롭게 연상free-associate'하고자 해도 결국 그의 말이나 행동은 자극과 논리적으로 연결된다. 예를 들어, '차가움'을 연상하도록 요구한다면 반대로 뜨거움 혹은 따뜻함이 떠오르거나 겨울, 얼음, 얼어붙다와 같이 전형적으로 차가움과 논리적으로 연결되는 단어들이 마음 속에 떠오른다. 즉, 자극에 대한 반응은 지적으로 조건화되며, 연상 주제는 개인 지성의 경험들과 연결된다. 그러나 프로이트가 말하는 '무엇이든 우연히 마음 속에 떠오르는 것을 말하는 것'은, 자극과 연상 사이의 논리적 연결이 아닌, 우연하게 떠오르는 것을 말해야 한다는 의미이다. 특정 자극과 무의식으로부터 비롯된 비논리적인 반응을 묶는 숨겨진 관계성을 찾아내려는 시도는 심리분석 작업의 특징이다. 이를 통해 특정 자극과 '비록 말도 안 되지만 내 안에 떠오른 것occurred to me, although it doesn't make sense'은 사실 서로 밀접하게 연관되어 있다는 것이 밝혀지며, 이 관계성은 그 사람의 일상적 경험 속 정서적인 연결로부터 생겨나는 것임을 알 수 있게 된다. 우연히 마음 속에 떠오르는 것을 말하는 과정에서 개인의 마음은 사고를 지배하며, '우연히 떠올랐다it happens to occur to me'는 말은 개인의 마음heart를 더 많이 말할 수 있는 기회를 열어준다.

이것이 바로 프로이트가, 그리고 오늘날 심리학자들이 "마음 속에서 뭐가 연결되어 떠오릅니까?Was fällt Ihnen dazu ein?"라고 묻는 이유이다. 이 질문에 대한 대답은 언제나 "떠오른 건… It occurs to me…"이다. 이 대답은 분명 '그것'을 언급한다. 이처럼 새롭고 예기치 않은 생각은 '그것'으로부터 불현듯, 그리고 놀랄 만큼 자주 생겨난다.

XIV

프로이트의 번역자들은 교묘한 방법으로 프로이트와 독자 사이의 거리를 벌려 놓았다. 예를 들어 표준판의 어떤 부분은 프로이트가 자신의 이야기를 한 부분을 슬쩍 지우기도 했다. 이런 유형의 많은 예 중 하나는 그의 논문 〈성의 해부학적 구별에 의한 심리적 결과Some Psychological Consequences of the Anatomical Distinction Between the Sexes, 1925〉 번역본에서 발견된다. 이 글에서 프로이트는 자신이 ''부정'으로 묘사하고 싶은den ich als 'Verleugnung' bezeichnen möchte' 과정을 기록하고 있다고 말한다. 그러나 표준판에서는 이 문장을 ''부정'으로 묘사될 수 있는'으로 번역했다. 이 불완전한 번역은 개인적인 진술을 전혀 개인적이지 않은 것으로 바꾸어 버렸다. 이러한 오역으로 인해 삭제된 것은 단순히 프로이트 개인이 아니라 하나의 인간 존재이다. 그러나 인간 존재를 지워버린다면 그것은 심리분석이 아니다!

성별 간 차이는 심리분석 이론에서 중요한 역할을 하며, 우리 삶의 모든 측면에서도 그렇다. 이에 관하여 프로이트는 성의 해부학적 차이 Folgen des Geschlechtsunterschieds(difference)가 만들어내는 결과를 말하고자 했다. 그러나 번역자들은 '차이'가 아닌 '구별distinction'이라는 단어를 사용했다. Unterschied의 가장 보편적인 번역은 '차이'이지 '구별'이 아니다. Unterschied를 '구별'로 번역하는 것은 오역이며, 이는 프로이트가 의미하는 바를 제대로 전달하지 못한 것이다. 웹스터 사전은 '차이'는 엇비슷한 것들에 적용되는 개별성과 대조를 의미한다고 정의하며, '구별'은 둘이나 그 이상의 것들에 적용되며 각각 다른 정체성을 지닌, 다른 것들과는 명백히 분리되는 점을 강조하는 것이라 정의하고 있다. 이처럼 '차이'가 기본적으로는 닮은 것의 실질적인 개별성과 대비를 강조하는 것이라면, 이 번역된 논문은 '구별'이 아니라 '차이'를 사용했어야 했다.

이런 번역은 심리학적, 특히 심리분석적인 의미에서는 큰 오류이지만, 지적인 수준에서의 노골적인 오류는 아니다. 물론 모든 오역이 다 노골적인 오류가 아니라고는 할 수 없다. 어떤 번역은 너무나 명백하게 잘못되어 있어서 번역자가 왜 이런 단어를 선택했는지 이해할 수 없고, 왜 아직까지도 고쳐지지 않았는지 모를 정도이기도 하다. 그러나 모든 오역이 반드시 독자가 심리분석을 어렵게 느끼도록 만드는 것은 아니다. 오히려 오역 중 일부는 매우 친숙하고 쉽게 이해할 수 있는 단어를 사용한 것

당신이 잃어버린 프로이트

이다. 그러나 오역의 문제는 단어의 난이도가 아니라, 프로이트가 마음에 품고 있었던 생각이 독자가 손쉽게 구할 수 있는 번역된 논문이나 책에서 제대로 전달되지 않아 프로이트가 말하고자 하는 것과 상당히 다른 이해를 만들어낸다는 데에 있다.

〈군중심리학과 나-분석Massenpsychologie und Ich-Analyse〉은 히틀러가 집권하기 훨씬 전에 쓰여졌지만, 1930-40년대 벌어진 사건들과 그 후 일어난 유사한 일들은 독재자가 추종자들에게 행사하는 매력을 심리적 요인을 통해 설명한 프로이트의 분석을 통해 이해할 수 있다. 이 책의 영어 제목은 〈집단심리학과 자아 분석Group Psychology and the Analysis of the Ego〉이다. Masse는 영어의 '군중mass'과 같은 뜻이다. 영어 번역에서 사용한 '집단group'이라는 단어는 독일어 Grouppe에 대응하는 말로, 군중과는 다르다. 프로이트는 이 책에서 군인과 교회 구성원들을 예로 든다. 이 집단들의 특징은 매우 많은 숫자의 사람들이 모여있으며, 모인 이들이 반드시서로 알고 있을 필요가 없고, 오로지 사상과 지도자를 공통적으로 받아들여 무리crowd나 군중으로서의 응집력을 얻는다는 것이다. 그렇기에 '군중'이라는 말이 정확히 프로이트가 말하고자 한 것이다. 웹스터 사전은 '군중'을 '보통 상대적으로 크고, 분명하지 않은 크기와 모양을 가진 단체를 이루는 다수'라고 정의한다. 표준판에서 이 잘못된 번역에 대한 유일한 설명은 스트래치의 각주에 있다. "이 번역본에서 '집단'은 훨씬 더 포괄적인 독일어 'Masse'의 동의어로 두루 사용된다. 원저자는 Masse를 사용했다." 그러나 이 각주 어디에서도 '집단'과 '군중'을 동의어로 사용하는 것에 관한 정당성을 찾을 수 없다. 당연하게도 두 단어는 일반적인 용법과 사전적 정의에서 동의어가 아니다. 아마 제목을 보고 집단심리학을 배우기 위해 이 책을 읽기 시작한 독자들은 몹시 실망하게 될 것이다. 하지만 이 책은 군중행동의 심리학과 거대한 군중형성의 기초가 되는 현상에 관한 프로이트의 생각을 상당히 명료하게 밝히고 있기에, 진지한 독자라면 이러한 오역을 극복하고 의미를 찾을 수 있을 것이다.

사회에 대한 프로이트의 가장 중요한 논문인 〈문명과 불만족Civilization and Its Discontents〉의 오역은 훨씬 심각하다. 특정 개념에 관한 잘못된 번역이 책 도처에서 나타나기 때문에, 영역본을 자세히 읽는다 해도 책이 말하고자 하는 핵심 사상을 이해할 수 없다. 프로이트는 이 책에 〈Das Unbehagen in der Kultur〉라는 제목을 붙였다. 이를 의미를 살려 번역하면 '문화 속 불편함The Uneasiness Inherent in Culture'이 될 것이다. 원래 제목을 보면 번역자가 이 제목을 오역한 이유를 도무지 이해할 수 없다. 독일어에서는 문화Kultur와 문명Zivilisation 간에 커다란 차이가 있다. Kultur는 도덕가치체계이며, 지적이자 미학적인 성취이다. 짧게 말해, 문화는 인문학이라 부를 수 있는 것을 말한다. 반면 Zivilisation은 물질적이며 기술적인 성취이다. 프로이트가 제목에 Kultur를 사용했다는 것은, 그가 우리 세계에서 도덕가치체계를 중요하게 생각했다는 것을 보여준다. 우리가 알고 있듯, 그는 물질적이고 기술적인 문명의 많은 측면에 대해 대단히 비판적이었다. 그렇기에 Kultur와 Zivilisation의 의미 차이가 프로이트에게 중요했다는 것은 의심의 여지가 없다. 프로이트는 〈왜 전쟁인가?Why War?〉라는 제목으로 출판된 아인슈타인에게 보내는 편지에서 이렇게 썼다.

태고 이래로 인류는 문화발달 과정을 거쳐왔습니다. (제가 알기로는, 다른 이들은 문명화 과정이라고 부르는 걸 선호합니다.) 우리는 이 과정에 우리가 향유하는 최고의 상태와 이 과정에서 겪은 고통을 통해 얻은 경험이라는 빚을 지고 있습니다.

Seit unvordenklichen Zeiten zieht sich über die Menschheit der Prozess der Kulturentwicklung. [Ich weiss, andere heissen ihn lieber: Zivilisation.] Diesem Prozess verdanken wir das Beste, was wir geworden sind, und ein gut Teil von dem, woran wir leiden.

Kultur를 '문명'으로 번역한 것도 유감스러운 일이지만, 더 심각한 것은 불편함Unbehagen과 전치사 in을 오역한 것이다. (독일어 전치사 in은 맥락에 따라 'in'과 'within'으로 번역할 수 있다. 프로이트의 제목을 보다 관용적으로 표현하기 위해, 나는 in을 '내재된inherent in'으로 사용했다.) '그리고and'라는 말은 다른 대상을 서로 연결시키는 말이지만, 'in'과 'within'은 문화와 불편함, 그리고 이 단어들이 향하는 생각을 하나로 분명하게 묶어주어 이것들이 분리되지 않는 하나

137

가 되도록 한다. 〈Das Unbehagen in der Kultur〉이라는 제목은 어떤 불편함이 반드시 혹은 어쩔 수 없이 문화에 내재되어 있음을 의미한다. 그러나 영역본 제목은 이러한 생각을 전달하지 못한다. 만약 프로이트가 책 제목을 Zivilisation und Ihre Unzufriedenheiten으로 지었거나, Die Unzufriedenheit mit der Kultur라고 지었다면 영역본 제목은 받아들일 만한 것이 되었을 것이다. 영어에서 '문명'은 독일어 Zivilisation보다 더 광범위한 현상을 포함하고 있기 때문이다. 영역본 제목을 독일어로 번역한 문장을 보면 알 수 있지만, 영어 '불만discontent' 역시 이에 대응하는 정확히 동일한 독일어인 Unzufriedenheit가 있다. 그러나 프로이트는 Unzufriedenheit가 아닌, Unbehagen을 사용했다. 아쉽게도 Unbehagen와 정확히 동일한 영어 단어는 없다. 그러나 이 단어의 뜻이 Behagen의 반대라는 사실을 통해 그 의미를 추측하여 번역할 수는 있다. Behagen은 주로 '편안함comfort'이나 '안락함ease'으로 번역된다. (실제로 프로이트는 Unbehagen을 '불편함discomfort'이나 '불쾌감malaise'으로 번역하길 제안했지만, '불만'은 그가 고려한 단어가 아니었다.) 프로이트는 감정을 묘사하기 위해 이 단어를 썼기에, '불편함Uneasiness'이 Unbehagen의 가장 좋은 번역이 될 수 있다. '불만'은 지적 사색의 결과이기 때문에 감정을 표현하기에는 만족스럽지 않은 번역이다. 옥스포드 사전에서 불만의 정의 중 하나가 '정신의 불만'이라는 것만 봐도 그렇다.

이 짧은 제목 하나에 세 가지의 잘못된 번역이 있었다. 이는 쉽게 피할 수 있는 오역이었다. 이는 '번역자traduttore는 배신자traditore'라는 오래된 격언을 증명하는 예이다. 번역자translators는 저자의 생각을 배신하는 '배신자traitors'이다. 독자들이 저자를 오해하게 만들기 때문이다.

프로이트가 아인슈타인에게 보내는 편지에서, 그는 문화는 우리가 만든 것 중 최고일 뿐만 아니라, 고통의 경험을 통해 얻은 것이라는 중요한 지점을 지적하고 있다. 프로이트의 〈Das Unbehagen in der Kultur〉는 그의 이 말을 설명하기 위해 쓴 책이다. 그는 책에서 우리가 문화에서 비롯된 이점을 즐기기 위해서는 반드시 불편함이라는 대가를 치러야 한다는 것을 보여주고 있다. 프로이트는 불쾌없이 문화가 이룩될 수 없는 타당한 심리학적 이유를 밝혀낸다. 또한 Unbehagen은 문화를 향유하는 cultured 존재가 되기 위해 꼭 필요한 승화sublimation의 피할 수 없는 부산물이라는 것도 분명히 밝히고 있다. 그러나 프로이트의 번역자들은 이를 문명과 불만족이라는 두 가지 분리된 현상으로 이해하도록 만들어 프로이트의 생각을 부정해버렸다. 영역본 독자, 특히 제목만으로 책을 판단하는 대부분의 독자들은 프로이트가 삶의 불만을 발생시키는 문명에 대해 비판적이라고 생각할 수 있게 되었으며, 불만족 없는 문명이 있을 수 있다는 생각, 심리분석이 이를 가능하게 할 것이라는 생각을 하게 될 수도 있다. 그러나 이런 이해는 유치하고 자기도취적narcissistic인 것이며, 프로이트가 말하고자 했던 것과는 완전히 반대되는 개념이다.

프로이트의 생각 중에 가장 많이 오해를 받는 것은, 그가 자기애narcissism

를 긍정적이고 정상적인 것으로 보며, 이를 타고난 이기심의 타당한 결과로 본다는 것이다. 오늘날 미국 문화는 본질적으로 자기도취적이라는 관점들이 지배적이다. 이기심은 자기에 집중하는 것이고, 무슨 일이 있어도 자기 방식을 고수하는 것을 말하는데, 이는 어디에서나 분명히 나타나는 현상이다. 상당수의 미국인들은 좋은 삶을 살기 위해 노력하고 있으며, 다른 이에 대한 관심보다는 자기주장을 옹호하는 등의 자기 사랑을 최우선으로 삼는 것으로 보인다. 그러나 이는 프로이트가 생각하는 좋은 삶과 정반대의 모습이다. 프로이트는 인간에게 가능한 최선의 삶, 가장 즐겁고 의미있는 삶은 자신이 아닌 타인을 진정으로 사랑할 수 있고, 자신 뿐 아니라 타인에게도 긍정적인 결과를 낼 수 있는 의미있고 만족할만한 일을 찾아내는 삶이다. 프로이트는 나르키소스의 신화를 통해 자기중심성egocentricity이 바람직하지 않음을 우리에게 말한다. 자기자신을 향한 열병에 빠져 스스로를 파괴한 나르키소스 신화에 내재된 의미에 대한 분명한 이해가 없다면, 왜 프로이트가 '자기애narcissistic'라는 용어를 인간 발달 중 가장 원시적인 단계라고 말했는지 알 수 없을 것이다. 가장 원시적 발달 단계에서, 영아는 아무것도 할 수 없는 자신의 무기력함을 과대망상적인 자기중심성self-centeredness으로 보상한다. 프로이트는 의도적으로 이 용어를 사용함으로써 우리가 과도한 자기애에 대항할 수 있도록 하고, 자신만을 돌보는 것에 고착될 때 발생하는 파괴적인 결과를 경고하고 있다. 프로이트는 물에 비친 자신만을 바라보던 나르키소스가 인

당신이 잃어버린 프로이트

간humanity과의 연결 뿐만 아니라 자기자신마저 잃어버린 이야기를 사용하여 자기자신에게 과하게 몰두하면 타인을 비롯한 실제 세계로부터 소외되며, 결국엔 스스로부터도 소외되어 파멸에 이르게 된다는 것을 말하고자 했다. 심리분석은 실제 사례를 통해 지나치게 자기자신을 사랑하는 것이 정서 고갈을 야기한다는 것을 보여준다.

또한 프로이트는 자신의 모습에 빠져 죽은 나르키소스를 통해 자기애적인 사람이 당면하게 되는 정서적 죽음을 상징적으로 보여주고 있다. 이처럼 자기애는 피상적이고 의미 없는 삶으로 이어지며, 타인과 친밀하고 상호만족적이며 풍요로운 관계를 만들어가는 최선의 삶으로 이어지지 못 한다.

XV

성(聖) 히에로니무스는 번역된 성서는 원본의 왜곡이라고 말했다. 영어로 번역된 많은 심리분석 개념 역시 그렇다. 그 중 Trieb를 '본능instinct'이라고 번역한 것은 특히 통탄할 일이다. 이 개념은 프로이트 체계에서 중요한 역할을 하기 때문이다. 이는 제임스 스트래치가 불안한 나머지 표준판의 주석에서 길게 논의한 몇 안 되는 번역어이다.

Trieb를 '본능'으로 번역한 것에 관한 반발은 일부의 납득할만한 것을 제외하면 지나치게 엄격하다. 비판자들은 거의 한결 같이 'drive'를 대안 번역어로 제시한다. 그러나 이에 관한 몇 가지 이의가 있다. 첫째로, 이런 의미에서 사용된 drive는 영어가 아니다. … 비판자들은 독일어 Trieb와 표면상 유사하기에 drive을 선택한 것이 분명하며, 비판자 대부분이 태어날 때부터 혹은 어

당신이 잃어버린 프로이트

린시절부터 독일어에 친숙하기에 여기서 받은 영향이 작용하고 있는 것으로 보인다. 이 번역어에 … 사소한 문제가 있다면, 프로이트 스스로가 여섯 번쯤 독일어 Instinkt를 사용했는데, 이것이 동물의 본능을 의미하는 말로 사용되었다는 것이다.

이는 '사소한 문제'가 아니다. 프로이트는 동물의 타고난 본능을 이야기할 때 독일어 Instinkt를 사용했고, 인간 존재에 대해 이야기할 때는 이를 피했다. 프로이트는 본능에 대해 이야기할 때와, Trieb[26]에 대해 이야기할 때 마음 속에 품었던 것을 명백하게 구분하였기 때문에, 번역에서 이러한 구분을 유지하는 것은 분명히 중요하다. '충동drive'이 영어가 아니라는 말은 신빙성이 없는데, 이 말을 한 번역자들이 '실책행동'이나 '관음증'과 같은 용어를 만들었기 때문이다. '충동'이라는 단어의 분명한 장점은 근 몇 년 사이 미국에서 일반적으로 사용하는 말이라는 것이다. 웹스터 사전에 따르면, '충동'은 명사이자 동사이다. 일반적으로 명사로 사용될 때는 '일을 해내려는 힘이나 에너지, 열렬하거나 공격적인 정신력'이라는 의미를 가진다. 이는 특히 심리학에서 자기보호, 배고픔, 섹스와 같이 기본적으로 생물학적인 충동을 의미하며 이것이 바로 프로이트

---

26 원저에서는 Triebe. 저자는 독일어 문법에 따라 변화된 형태로 작성하였으나 여기에서는 인용을 제외하고는 모두 Trieb로 표기한다. (역주)

가 말한 Trieb이다. 우리는 야망이나 두려움에 의해 움직일 때driven by, 프로이트의 Trieb에 상응하는 힘에 의한 내적 추진력을 설명하기 위해 '충동'을 동사로 사용한다. 이런 맥락에서 보면 Trieb는 결코 '본능'이 아니다. 어쩌면 'impulse[27]'가 더 나은 번역이라고 생각할 수도 있다. 웹스터 사전은 'impulse'를 '다그치는 힘, 의식적 사고 없이 행동하려는 갑작스러운 성향, 내부에서 비롯된 동기나 경향성'이라고 설명한다. impulse가 프로이트가 뜻하는 바를 더 잘 설명하는 것은 아니나, 실제로 프랑스어 역본에서 Trieb는 pulsion(충동)으로 번역되었다. 'impulse'는 '충동적인 impulsive'이라는 형용사로 사용할 수 있다는 추가적인 이점이 있을 수는 있다.

프로이트의 〈Triebe und Triebschicksale〉(1915)라는 중요한 논문의 제목의 번역에는 두 가지 통탄할 실수가 있다. Trieb를 '본능'이라고 번역했을 뿐만 아니라, 숙명fate, 운명destiny이라는 뜻의 Schicksale를 '변천 vicissitudes'로 번역한 것이다. 표준판의 제목은 〈본능과 그들의 변천Instincts and Their Vicssitudes〉이다. '숙명fate'이란 우리 삶에서 벌어지는 일에 대해 이야기할 때 우리 스스로나 타인에게 적용시킬 수 있는 단어이다. 프로이트는 우리가 삶을 경험하는 방식과 자신이 이야기하는 바를 더 가깝게

---

27 drive와 impulse 모두 한국어로는 '충동'으로 번역할 수 있다. 저자는 영어에서 더 자주 사용되며 일반적인 단어인 drive를 선호하는 것으로 보인다. (역주)

느끼도록 만들기 위해 이 단어를 사용했다. 우리는 '변천'이라는 용어를 우리 자신이나 삶의 궤적을 만드는 사건에 적용하지 않는다. 웹스터 사전에 따르면, 이는 책에서나 사용하는 용어이다. 이런 단어는 어떤 정서 반응도 일으키지 않는다. 실제로 '변천'은 인간 이외의 존재를 묘사할 때 주로 사용하는 용어이다. 옥스포드 사전은 조수tide의 변천을 예로 들고 있다. '숙명'과 '운명'이 보여주는 필연성은 독일어 Schicksale와 영어 '변천' 모두에 들어있지 않은데, 프로이트 역시 우리의 내적 충동이 변화하는 것에 어떤 필연성도 내재되어 있지 않음을 의미하고자 했던 것이 확실하다. 만약 번역자들이 '숙명'에 내재되어 있는 이런 의미 때문에 이 단어를 사용하지 않은 것이라면, 대신 '변화change'나 '가변성mutability'를 사용했으면 될 일이다. 번역자들은 논문의 제목을 '충동과 그들의 가변성 Drives and Their Mutability'으로 번역할 수도 있었다.

프로이트는 이 논문에서 충동은 다양한 방식으로 변화할 수 있다는 생각을 표현했다. 충동은 스스로에 대항하여 반대로 향하거나, 억제되거나, 승화될 수 있다. 그러나 '본능'은 타고난 것이며, 무의식적이면서 변하지 않는 것이기에 프로이트가 마음에 품고 있던 것과는 맞지 않는 잘못된 단어이다. 웹스터 사전은 '본능'을 '종 특유의 방식으로 행동하려는 타고난 경향, 즉 자극을 통해 획득하지 않은 반응 양식'이라고 정의하며, 옥스포드 사전에서 '본능'은 '유기체(특히 하등동물)의 타고난 경향, 종에 따라 변하며, 합리적인 것처럼 보이지만 목적달성을 위한 수단을 의식적으로 수정하지 않고 수행되는 행동에 분명하게 나타나는 것'으로 설명한다. 프로이트는 우리가 본능에 의해 행동의 가장 중요한 측면을 결정하지 않기 때문에 우리의 행동이 우리의 영향력을 넘어가는 것은 불가능하다고 믿었다. (만약 우리 행동이 통제 밖에 있는 것이라면 심리분석 치료는 불가능할 것이다.) 그 유명한 〈새로운 심리분석 강의〉에서 프로이트는 심리분석의 목적을 이렇게 쓰고 있다. "(심리분석은) '나'를 강화시키고, Über-Ich로부터 '나'를 더 독립적으로 만드는 것이며, '나'의 지각 영역을 넓히고 조직을 확장하여 '그것'의 영역을 '나'의 것으로 만드는 일이다." 그리고 이렇게 덧붙인다. "'그것'이 있던 곳에 '나'가 있어야 한다." 심리분석은 우리의 가장 기본적인 '동기'가 의식적으로 인식해야 하는 대상이며 의도적인 개조의 대상이라는 것을 알려 주고자 한다. 만약 '나'가 야망이나 두려움, 탐욕에 의해 움직인다면 이는 '나'가 무엇인가 할 수 있다는 의미이다. 인간은 동물과 달리 스스로를 의미있는 방식으로 바꿀 수 있다.

Trieb를 '본능'으로 번역할 때 생기는 큰 문제는 이 번역어가 '죽음 본능death instinct'과 연결될 수 있다는 것이다. 사실 심리분석에서 죽음 본능이 강조되어야 할 이유는 없기 때문에, 미국의 심리분석계는 이 개념으로부터 거리를 두고 있다. 프로이트는 '죽음 본능'을 이야기하지 않았다. 단지 우리가 공격적이고 파괴적인, 자기 파괴적인 행동을 하도록 자극하는 무의식적 충동에 대해서만 이야기했을 뿐이다. 실제로 우리 중 누군가는 확실히 죽음으로, 스스로 선택한 죽음 혹은 타인에 의한 죽음으로

당신이 잃어버린 프로이트

내몰려진다. 그렇지 않다면 어떻게 불치병이나 이와 유사한 고통을 겪는 경우가 아닌 자살을 설명할 수 있단 말인가? 부유한 미국 청소년들의 자살을 어떻게 설명할 수 있는가? 죽음 충동이라는 개념 없이는 근래 있었던 역사적 사건, 특히 독일 역사를 이해하기 어렵다. 죽음 충동 개념을 거부하는 것은 프로이트의 이원론적 체계를 일원론적으로 환원하여, 우리의 내적 삶에 대해 가장 차분한 견해만을 지지하도록 만든다. 프로이트의 이원론적 체계에 따르면, 우리의 영혼 속에 있는 두 가지 상반된 충동 간의 열정적인 투쟁이 우리의 감정과 행동을 결정하고, 우리를 괴롭히는 고통에 관한 설명을 제시한다.

프로이트는 영혼에서 일어나는 갈등과, 그 갈등이 개인에게 미치는 영향을 신중하게 강조하였다. 그는 한 사람이 갈등에도 불구하고 잘 살아갈 수 있도록, 오히려 그 갈등으로 인해 내적 삶이 풍요로워져서 잘 살아갈 수 있도록 하기 위해 이 갈등에 주목했다. 만약 우리가 〈문명과 불만족〉에서 등장하는 '천상의 힘Heavenly Power', 즉 '영원한 에로스'와 그에 대적하는 '영원한 반대자 타나토스'의 전투에 관한 프로이트의 말을 무시한다면, 우리는 우리 안의 내적 갈등과 모순을 다루는 방법, 즉 자기 자신과 어떻게 살아갈지를 고민하는 것이 아니라, 단순히 어떻게 살 것인가에 관심을 두게 될 것이다. 어떻게 살 것인지는 프로이트의 관심사가 아니었다. 그러나 단순화와 환원주의는 프로이트가 실제로는 전혀 그렇지 않았음에도 그가 '적응adjustment'를 옹호하는 것으로 해석하도록 만들었다. 또한 프로이트의 비관적이고 비극적인 인생관을 단순히 실용적인 사회개량론으로 만들어버렸다.

프로이트의 생각을 심리분석과는 완전히 다른 결을 가진 행동주의적 틀에 맞추어 번역한 결과, 영어권에서 프로이트의 개념이 행동주의적 입장에서 다루어지고 있다는 것은 이해할 수 있다. 그러나 만약 프로이트가 옳다는 것이 행동주의적 연구를 통해 증명된다면, 심리분석은 더 이상 영혼의 가장 어두운 곳을 밝히는 내성심리학, 즉 우리의 관찰 활동을 통해 할 수 있는 행위가 아닐 것이다. 행동주의는 외부에서 관찰할 수 있는 대상, 관련되지 않은 관찰자에 의해 객관적으로 연구할 수 있는 대상, 반복가능하고 측정 가능한 수량 값에 집중한다. 그러나 심리분석은 개인의 삶, 인생사에서 그를 다른 이와 다르게 만들어 주는 독특한 것에 관심을 가진다. 이것이 행동주의와 심리분석의 차이점이다. 만약 인간의 영혼과 그 내면의 갈등에 대한 프로이트의 생각이 영역본에서 잘 표현되었다면, 심리분석의 개념들이 분명하게 설명되었을 것이다.

인간 행동의 많은 부분이 파괴적인 충동에 의해 가장 잘 설명될 수 있다는 것은 우리의 경험을 통해 알 수 있는 것이다. 그러나 번역자들은 이러한 파괴적인 충동에 관한 프로이트의 진술을 '죽음 본능'으로 번역하여, 프로이트의 비판자들이 엉뚱한 비판을 하도록 만들었다. 프로이트가 살아 있는 동안 뿐만 아니라 사후에도 이런 일은 매우 자주 일어났는데, 결과적으로 프로이트는 자신이 결코 주장한 적 없는 사상에 책임을 져야 하는 형국이 되었다.

프로이트에게 있어 '나'는 비극적인 갈등 영역이었다. 우리가 태어나서 죽을 때까지, 에로스와 타나토스는 우리 삶의 지배권을 쥐기 위해 투쟁한다. 이 투쟁은 우리 스스로를 평화롭지 못하게 한다. 프로이트는 말년에 우리 안의 삶과 죽음 충동 사이에 이뤄지는 영원한 투쟁에 대한 개념을 세웠으며, 죽음 충동이 우리를 해하는 것을 저지하기 위해 삶 충동을 도와야 한다고 말한다. 이 투쟁은 정서적 풍요를 가능하게 하며, 인간 삶의 다양한 모습을 설명해주고, 우울감과 고양감을 균등하게 하고, 우리 삶에 깊은 의미를 부여해준다.

많은 미국인들이 상상하듯, 심리분석이 성적 충동이나 삶 충동을 통해 만족스러운 삶을 영위하는 것을 중요한 것으로 생각한다는 것은 프로이트를 완전히 오해하는 것이다. 죽음 충동에만 집착하는 것이 우리를 병적으로 우울하고 무능하게 만들 듯, 성적 충동과 삶 충동에만 집착하는 것 역시 우리를 피상적이고 자기애적인 존재로 만들 뿐이다. 이러한 집착은 우리가 현실을 교묘히 피하게 하고, 삶에서 독특하고 의미있는 순간순간을 빼앗아간다. 결과적으로 이 집착은 우리의 마지막 순간까지 빼앗아갈지 모른다.

성 충동은 즉각적인 만족을 추구하며, 미래를 알고자 하거나 신경쓰지 않는다. 에로스와 프시케도 그렇다. 반면, 우리가 우리의 파괴성과 우리의 필멸성, 즉 반드시 죽을 수 밖에 없는 존재의 비극적 한계를 자각하는 것은 우리가 우리 이후의 삶이 계속되는 걸 보고 싶게 만든다. 삶의 어두운 면을 자각하는 것은, 우리가 사랑하는 사람들을 위해 좀더 나은 삶을 만들어내야할 필요를 날카롭게 다듬는다. 이는 지금 뿐만 아니라 우리 이후에 오는 사람들, 다음 모든 세대를 위해서도 필요한 일이다. 프로이트가 '영원한 에로스'를 이야기했을 때 마음에 품고 있던 것은 타인에 대한 우리의 사랑이었고, 우리가 사랑하는 사람들의 미래에 대한 관심이었다. '영원한 에로스'의 결과인 타인에 대한 사랑은 우리가 중요한 이들과 맺고 있는 관계를 통해 표현되며, 그들을 위해 더 나은 삶과 더 좋은 세상을 만들고자 하는 노력에서도 찾아볼 수 있다. 이 노력은 허구의 유토피아를 향한 것이 아니다. 우리는 문화에서 얻는 유익을 통해 우리가 경험하는 불쾌를 수용할 수 있다. 프로이트의 관점에서 좋은 삶이란, 우리가 사랑하는 사람들과 지속적이고 상호만족적인 관계를 확고히 맺을 수 있고 이를 통해 의미로 가득찬 삶이다. 또한 나와 다른 이들이 더 나은 삶을 살아갈 수 있도록 서로를 지탱함으로써 만족을 얻는 삶이다. 좋은 삶은 프시케의 어두운 측면과 고통스러운 현실적 어려움을 부정하지 않는다. 오히려 이 어려움이 우리를 절망으로 몰아넣지 않도록 하며, 우리의 어두움이 우리를 혼돈과 파괴의 수렁으로 빠지도록 놔두지 않는 삶이다.

우리는 무의식의 진정한 본성과, 무의식이 프시케에 작용하는 역할을 인식함으로써, 에로스라는 삶 충동을 현실의 삶으로 드러낼 수 있다. 삶 충동은 우리 내부의 혼돈스럽고 비이성적이며 파괴적인 모든 것, 즉 프로이트가 죽음 충동이라고 불렀던 것에 대한 지배권을 유지할 수 있게 만든다. 프로이트는 우리의 '나'가 '그것'과 Über-Ich를 합리적으로 지배할 수 있게 되기를 원했다. 그가 자신의 작업과 저서를 통해 지속적으로 말하는 것이 바로 이것이다. 그는 우리가 합리적이며 정서적인 삶을 살 수 있도록 하고자 분투했다. 그의 가르침을 우리 마음에 새긴다면, 그것은 우리에게 큰 도움이 될 것이다.

심리분석에 관한 그의 마지막 위대한 논문인 〈종결될 수 있는 분석과 종결될 수 없는 분석Analysis Terminable and Interminable, 1937〉에서 그는 "삶에 관한 낙관론과 비관론 사이에 반대 의견이란 있을 수 없다. 에로스와 파괴 충동이라는 두 가지 원초적 충동은 오직 동시에 함께 작용하고 서로 맞섬으로써 삶의 다채로움을 설명한다. 둘 중 하나만으로는 우리 삶의 다채로움을 결코 설명할 수 없다"고 말했다. 시인 윌리엄 포크너William Faulkner는 노벨상을 수상하며 이렇게 말을 했다. "자신의 내적 갈등 속 인간 마음의 문제들 … 그것만으로도 훌륭한 글을 쓸 수 있습니다." 그의 말이 맞다. 그리고 그의 말 중에서 '훌륭한 글' 대신 '인간이 만들어낼 수 있는 모든 최고의 것들'이라 말한다 해도 전혀 문제가 없다.

에로스와 타나토스 사이의 갈등은 우리의 생각과 행동에 최악과 최선모두를 가져올 수 있다. 모든 인류의 파멸이라는 최악의 가능성[28]에 관한

---

28 제1차 세계대전을 의미한다. (역주)

인식은 프로이트의 인생관을 비극적으로 바꾸었다. 하지만 우리 영혼에 내재된 최선의 가능성은 큰 역경 속에서도 그를 지탱해주었고, 그가 삶을 참을만한 것일 뿐만 아니라 가치있는, 가끔은 진정으로 만족할 수 있는 것으로 인식하게 해주었다. 프로이트의 삶에서 완전히 편안한 시기는 거의 없었다. 모든 인간이 그렇듯, 그도 인간의 가장 높은 성취인 문화를 통해 얻는 유익을 즐기기 위해 지불해야 하는 불쾌로 인해 고통받았다. 그러나 그는 이를 자각하고 받아들였다.

이러한 불쾌함은 이례적인 것이 아니다. 괴테는 자신의 삶 75년 동안 진정으로 편안했던 건 고작 4주 뿐이라고 이야기하기도 했다. 슬픔은 사색적인 사람에게는 피할 수 없는 삶의 일부이다. 그러나, 삶의 모든 것이 아니라 한 부분일 뿐이다. 언젠가는 타나토스가 승리하여 우리는 결국 죽음을 맞이할 것이다. 그러나 우리는 살아있는 한 에로스가 끊임없이 타나토스를 이기도록 할 수 있다. 우리가 더 나은 삶을 살기 원한다면, 반드시 그렇게 해야만 한다. 이를 위해 가장 중요한 것은 아름답게 사랑하는 일, 또 삶에서 다른 이들에게 아름답게 사랑받는 일이다. 우리가 사랑하고 사랑받을 수 있다면, 우리의 에로스는 만개할 것이고 프시케는 환희에 찰 것이다.

우리는 향상된 통찰력과 문화적 성취를 통해 인간애를 만들어온 우리보다 먼저 살았던 이들에게, 또 지금을 함께 살고 있는 이들에게 커다란 빚을 지고 있다. 의미를 발견할 수 있는 통찰력과 우리가 누리는 문화적 성취는 우리의 자부심이며, 모든 고통에도 불구하고 삶을 가치있는 것으로 만들어 준다. 또한 우리는 포크너가 '인간의 마음'이라고 부른 것, 프로이트가 '영혼'이라고 부른 것은 자기 안의 갈등을 부정하지 않고 수용함을 통해 가장 좋은 것을 만들어낸다는 사실, 인간애를 발견하기 위해서는 이 갈등을 인정하고 인내하며 받아들여야한다는 사실을 잊어서는 안 될 것이다.

저자에 대하여

브루노 베텔하임은 1903년 비엔나에서 태어났으며, 비엔나대학에서 박사학위를 받고 1939년에 미국으로 이주하였다. 그는 시카고대학의 교육학 명예 교수이자 심리학과 정신의학 명예 교수였다. 그의 저서로는 〈Children of the Dream〉, 〈The Informed Heart〉, 〈Love Is Not Enough〉, 〈A Home for the Heart〉, 〈Surviving and Other Essays〉가 있으며, 카렌 젤란과는 〈On Learning to Read〉를 집필하였다. 1977년 그는 〈옛이야기의 매력The Uses of Enchantment〉으로 전미도서비평가협회상과 전미도서상을 수상하였다.

당신이
잃어버린
프로이트

초판 1쇄 발행 2021년 11월 30일

지은이	브루노 베텔하임
옮긴이	정채연
발행처	북하이브
발행인	이길호
편집인	김경문
편 집	황윤하
마케팅	유병준
디자인	하남선
제 작	김진식 · 김진현 · 이난영
재 무	강상원 · 이남구 · 김규리

북하이브는 (주)타임교육C&P의 단행본 출판 브랜드입니다.

출판등록	2020년 7월 14일 제2020-000187호
주 소	서울특별시 강남구 봉은사로 442 75th AVENUE빌딩 7층
전 화	02-590-9800
팩 스	02-590-0251
전자우편	timebooks@t-ime.com

ISBN 979-11-91239-49-2 (03180)